无籽西瓜

静旸 著

复旦大学出版社

序一

不同人生　两样情怀

静　悯

《大智度论》卷十七有段话："于诸法中不得定心，定心无故，于佛教中空无所得。譬如人入宝山，若无手者无能所取。"这段话印证于我最初认识的静旸师姊身上，可是一点儿也不假；但因她的大根大器，在短短的几年内已寻觅到真如的宝藏，完全蜕变成一位悲智双运的人间菩萨。

娇气迷糊的富家小姐

记得初识静旸师姊时，应该是在一九八一年左右吧！印象中最深刻的，知道位于台北市新生南路的世界贸易大楼为其高堂所拥有，感到她身上有一股富家女的娇气，实在不觉得她有什么特殊的地方。

后来据她自己叙述，三餐烹煮好的汤和菜都盛在一个大碗里，为的是可减少刷洗碗碟等琐碎的工作。担任中山小学老师的时候，特意购置房舍于学校后门，也不参加学校的早自习，等到上课钟响，才匆忙梳洗从学校后门跑到教室授课……最妙的是，慈盟师姊又提起她刚刚认识静旸师姊的一段往事——每年纪先生循例都会率员工出国旅游，有天她一大早送机票到纪家给正要出门的贤伉俪，岂知，两夫妻正为一小事略有争执。纪先生怒道："那你就不要去好了！"纪太太一听，丢下行李说："不去就不去！"然后头也不回地跑出门去。留下尴尬而焦急的纪先生与慈盟师姊，两人只好赶紧追出去，形成在马路上前后追逐的趣味画面，走笔至此不觉莞尔。

每次偶然的相聚，听她闲话家常，而在轻松的气氛中仍难掩其娇气；尤其是她口中的纪先生，总让我在脑海中不由得塑造出一副严肃刻板的印象，对她不得不与先生抗衡的无奈不免感到同情。

有一天，贤伉俪初次相偕回到花莲拜见上人，我终于见到盛名久仰的纪先生，与我先前的印象完全不同。他和蔼可亲、幽默且风趣横生；我从精舍载他们到中信饭店喝咖啡，从举止说话的细节中观察出纪先生其实是位细心、体贴的好先生。他聊到因为太太的粗心大意闹成的一连串笑话（可体会到他对妻子的关切与爱），他说他很困惑，太太没耐心又健忘，能帮上人什么忙呢？例如，每次出差都得自己整理行李，否则不可避免地又会闹笑话。他回忆说，有一回他到台中出差，太太告诉他行李准备妥当了。他带着欢喜的心情南下，不料，晚上要盥洗更衣时，才发现内衣裤竟然小了好几号——原来拿错拿到孩子的，第二天早上穿袜子又是小朋友的，可真让他哭笑不得。说着说着，看到早已笑成一团的静旸师姊和我，忽然想到什么似的指着太太说道："啊！妈咪！你的太阳眼镜和帽子呢？"不用说，又遗忘在精舍了。纪先生的细心和爱心，由此可见一斑。

这就是初发心，仍停留在"定心无故"时期的静旸师姊；而她却有位口说不好，其实细心体贴的好先生。

努力蜕变作菩萨

看来娇气又迷糊的静旸师姊实则大智若愚，从她身上可看出一页慈济委员的成长史。记得当时台北尚无分会，上人北上时就驻锡在三重静铭师姊的家。为宣扬慈济建院宗旨并劝募善款，白天，上人只有随处应供，并随缘对会员开示。静旸师姊每次都会争取机会，恭请上人移驾到她民生东路的寓所应供，以便邀集亲朋好友听闻开示。为此，她一大早就起床扫地，从三楼直扫到一楼甚至门外，这时纪先生就会开她玩笑说："哦！是阿弥陀佛要来了，才……"因为唯有上人莅临普照，她才会认真地用心洒扫。不会煮素食，但为了护持上人推动慈济工作，有会员供应上人，她就带着家里的砧板、菜刀等，到会员家里当起厨师随缘度化会员。

上人开始呼吁建院初期，笔者曾经负责买车票及载送会员的工作，静旸师姊体谅我的忙碌，自愿发心接手为会员服务，协助笔者之处非常之多。为广招来众，她在家里守着电话接受委员和会员订票，然后一一送达，以令所有人欢欢喜喜地回到花莲，发心参与医院建设的工作。

为此，她整整有一个礼拜食不下咽，三餐仅靠喝人参汤度日。为了度众，她突破重重困难，历经种种事相考验，使原本大智利根的她慢慢拂去尘埃，借事练出一身功夫来。

她可以因为购买车票平白遭受指责，而像淘气的小女孩般跌坐在月台泥地上号哭，让大家不知所措；也可以在北回线火车上一路谈笑风生，让大家都笑岔了气，也拾到好多宝。如果笔者没有记错，静旸师姊府上应有一大堆过时的车票，是会员来不及搭上火车所留下的……

人人喜爱接受的纪妈咪

　　在上人教导下，慢慢的，静旸师姊发现为教献身，不是热诚即可，还应缩小自己。上人说："任劳容易任怨难"，为了爱上人，她时时刻刻发愿，不忘提醒自己"不传是非，不听是非，不说是非"，定要做到人人喜爱接受的静旸。自此，她努力改变自己，从有棱有角的娇气，到受人人爱戴的纪妈咪；这一路走来，是多么地艰苦难得，连笔者都自叹不如啊！

　　为了协助推广慈济精神，她不惜自己与先生之形象，以居家生活之感触，随手拈来，侃侃而谈；用诙谐的形容、庄重而诚恳的形态，衍生无籽西瓜等讲题，深入浅出阐示人性，让台下群众听得如痴如醉，欲罢不能。这与最初主持电台节目时，只能每集节目末了讲一句"福慧双修，再会"的程度，其间差距真不可以道里计。

　　有好久、好久一段时间，为了日愈忙碌紧凑的慈济工作已经很少与委员、会员相聚，与静旸师姊见面交谈的机会亦形减少。只有去岁为骨髓捐赠活动到台南，有许多人听到纪妈咪来了，争相目睹，围着她迫不及待向她请教、学习，以和她为友而荣。佛陀教导我们："入我门不贫，出我门不富""愿有多大，力量就有多大"，愿力大，悲心切，静旸师姊她做到了！做到她先前发的宏愿——成为上人的好弟子，人人接受的纪妈咪。

恰似琉璃也透彻

刚认识静旸师姊时，实在没想到她会有今日，名嘴兼作家的多重角色；尤其多年来在慈济月刊写的专栏，终于要结集出版，更是可喜可贺。想到自结织这位善知识以来，她无时无刻地以身教微言提醒笔者：我们何其幸运，能有一位可敬可爱可学习有智慧的上人，我们要恭敬追随……假如没有她的提携叮咛，也许我还懵懵懂懂，不知明师就在眼前。因此，静旸师姊是上人非常好的护法，亦是慈济道上一位力行不懈指引灯塔的菩萨。

现在，大根大器兼利根利器最足以形容静旸师姊，《法华经·药草喻品》有："密云弥布，遍覆三千大千世界，一时等树……随上中下各有所受。"且"一云所雨，称其种性，而得生长，华果敷实；虽一地所生、一雨所润，而诸草木，各有差别"。同样皈依上人，同样接受调教，她有此大智慧体悟佛法，如"佛平等说，如一味雨，随众生性，所受不同"所喻，对这位慈济道侣的模范生，笔者只有望尘莫及了。

　　十几年来，她由娇贵的纪太太转化为人人敬重的纪妈咪，由混沌到透彻，在慈济道上日日夜夜勇猛精进，不知懈倦，确实找到了包覆在身上的摩尼宝珠、自性真如的宝山。更可敬的是，她不仅发现明珠，并且勤于擦拭，她的内心就像琉璃般透彻清明，照映着我们芸芸众生。值此《无籽西瓜》即将付梓时刻，特缀数言，再次向她表示敬意。并请纪妈咪不要忘了细心的纪爸爸，您们是慈济菩萨道上的好伴侣，也是值得我们尊敬及学习的好榜样。

（一九九四年六月）

序二

纪妈咪出招

静 淇

每个人都有他的秘密。

每个家庭也都有他们的秘密。

曾有人告诉我,纪妈妈家保证没有任何秘密,因为海内外的慈济人对她家的人与事都了如指掌。

是的,静旸师姊就是这么一位天真、善良、可爱、处处与人结好缘的欢喜"老"菩萨(因已近耳顺之年矣)。

娇小姐话说从头

静旸师姊早在一九七九年即进入慈济,当时她给人的印象诚如静悯师姊所说的,除了"身上有一股富家女的娇气,实在不觉得她有什么特殊的地方"。

记得当时北回铁路刚通车不久,一票难求,要带会员回花莲,并没有所谓的"慈济列车",全靠委员们到窗口排队购票,幸拜慈盟师姊在铁路局服务之便,解决了很多突发的状况和难题。静旸师姊即是当时自告奋勇负起购票重责大任的人。

　　我就曾目睹她把手中的一叠车票往月台上一甩，无视旁观的旅客，捶头顿足号啕大哭的一幕。到底发生了什么事这么严重？只因为有人说我要的是几车几号，怎么给我不一样的；另外有人说我回程要坐五点的，怎么给四点半的？你一言、我一语，惹得心一烦，嘴巴一张就哇哇大哭起来，这一哭虽收到全场鸦雀无声之效，不过也让很多人留下了"纪妈妈有大小姐脾气"的印象。

人生三部曲

　　虽然认识她已有很长的一段时间，但真正得以一窥她的内心世界则是在一九八三年四月的一次长谈。由于早期慈济月刊的"委员小传"系由笔者负责撰写，为了方便采访，与她约好在花莲见面，记得那天傍晚我俩坐在精舍旁的菩提树下天南地北地闲聊，她说："以前我只知道一个自我，从不知有别人，因此心胸狭窄，瞋心时起，直到认识慈济，才发现人生真正的意义，同时也肯定了自己服务人群的潜力，很多认识我的人对我的蜕变都感到讶异。"她就是这么一位勇于发露忏悔的人。

认识静旸师姊十五年来，笔者认为她在心境上、修持上以及对佛法的体悟上有三个阶段的成长。从早期的"一念瞋心起，百万障门开"、中期的"不说是非，不听是非"到最近的"佛法生活化"，这不也正是她从"浑身是刺"到"圆融可亲"的成长写照？

看到静旸师姊有今天"名嘴兼作家"的成就，很多人也许会认为曾经为人师表的她，天生就是如此的"天才"。其实早年的她，自辞去教职后就懒得再动笔，更遑论在大众面前说话。甚至一九八八年至一九八九年间，她临"急"奉命在民本电台主持"慈济世界"时，每天也只是开头的"各位大德，阿弥陀佛"和结尾的"福慧双修，再会"这两句话而已！

纪爸爸的祝福

由简单的两句话，到目前语默动静皆法宝，而如《法华偈》云"白玉齿边流舍利，红莲舌上放毫光"的过程中，所付出的努力和心血，就如同她首次发表在《慈济月刊》二七〇期的《开示悟入》到最近一篇《感恩的季节》的心路历程一样，走过了多少不为人知的艰辛，克服了多少人所不能忍的挫折。

前几天打电话请问纪爸爸对静旸师姊即将出书有什么感想时，他说："她长期为慈济志业努力，把慈济当成是自己的事在奋斗，这本书是她在慈济道上所有过程的忠实纪录，我为她高兴，也祝福她。"

我想不只是纪爸爸祝福她，海内外的慈济人也都抱着同样一颗欢喜祝福的心，期待早日看到静旸师姊的大作问世，当然以《无籽西瓜》篇篇皆具感性、趣味性、教育性、启发性的内容而言，畅销绝不成问题，但静悯、扬歆与我都有一个共同的愿望——书能畅销也是因为有我们这三篇代序吧！

(一九九四年六月)

序三

留在人间的足迹

扬 歇

纪妈咪要出书了！

左手拿麦克风，右手握笔

慈济世界中以"名嘴"知名的纪妈咪静旸师姊，手握麦克风站在台上好多年了，她的话亲切而隽永，思绪像天马行空，让人回味无穷。一九八九年四月，她开始提笔为《慈济月刊》写稿，还记得她投给《月刊》的第一篇文字是《开示悟入》，刊登出来以后获得很好的回响，于是鼓励她继续再写。她反应机敏，善于将上人的妙法透过自己的生活体悟，用很浅显的文字作诠释；每篇大约一千多字，慢慢地形成了自己的风格，成为《月刊》很受欢迎的专栏。

进入慈济，静旸师姊一心无二志追随上人，十五载悠悠岁月竟像弹指间过。从早期还没有"慈济列车"前，她发心替师姊们服务代购火车票起；到现在许多场合都需要她拿起麦克风，当众侃侃而谈；静旸师姊真像位游戏人间的菩萨，把任何的角色都扮演得称职而出色。兼之她言语诙谐、谈吐幽默，善于引喻取譬，使小故事也蕴含着大道理；经常可见一大群人围着听她说话，年龄从八岁到八十岁都有。然而，即使面对的只是一位听众，她也是喜滋滋兴昂昂的，将新近获得的妙法和体悟拿出来与人分享。因此，善缘广结，"纪妈咪"是大家对她既普遍而又亲昵的称呼。

只是，言语无迹无痕，说过就流逝了。幸好，还有《无籽西瓜》的文字记存，可以随时抽取阅读，体会出她流露在字里行间的丰盈智慧和高度幽默感。

小故事有大道理

本书的内容多从静旸师姊身边的人物琐事写起，于是，她的夫家——纪家，就成为她信手拈来可说可写的好题材。为了服侍公公，她写下《浴佛的故事》；对待丈夫，她有一连串的《无籽西瓜》故事可以讲；而母子婆媳间，也有《顶尖人物》《一杯咖啡》的精彩话题能够发挥。甚至才养一天的约克夏小狗，也能和宠妾联想在一起；在《温柔的力量》中，她劝慰普天下的妻子要用至柔至爱的力量，扩大爱去爱她所爱的人。

谁会有这样丰富而活泼的想象力？

且看静旸师姊叙述她自己的写作历程。在《顶尖人物》里她写道:"在孩子小学阶段,我每日勤于阅读国语日报,为他剪贴好文章,并以录音带亲口录下好故事,期待孩子的作文能进步,语文能力能提高。却没有想到'有心栽花花不发,无心插柳柳成荫',最后作文进步的不是孩子,而是我这个妈妈。"

菩萨游戏人间

这本集子能够结集出版,也是她"无心插柳"的结果。但,为了爱上人、爱慈济,就像她愿意走到台前,把慈济的好说给大家知道一样,这次,她毅然提笔上阵。虽然每到交稿的日子她都心神难安、费尽力气;看似浑然天成的句子,其实都经过她反复的思考淬炼,篇篇都称得上是呕心沥血之作。现在,最让她高兴的,莫过于身做慈济、口说慈济、心想慈济,而且,手写慈济。

一位寻常的家庭主妇,因为进入慈济的世界,启发了生命中的潜能,成为左手拿麦克风,右手握笔,人人亲爱敬重的"纪妈咪"。在慈济,静旸师姊的例子成为无数个可能中的一位典范。

感恩上人!感恩慈济!

(一九九四年六月)

目录

序一 不同人生 两样情怀 ……… 004
序二 纪妈咪出招 ……… 011
序三 留在人间的足迹 ……… 015

壹·欢喜智慧

开示悟入 ……… 024
呈现内心本地风光 ……… 027
火里锤炼出来的菩萨 ……… 030
谦虚与礼让 ……… 033
尊师重道 ……… 036
七辈妇 ……… 039
药师佛与阿弥陀佛 ……… 042
圆满的人格 ……… 045
发露求忏悔 ……… 048

贰 · 慈济跑道

诞生在慈济的大家庭 ……… 052
守本尽分即欢喜 ……… 061
说该说的话 ……… 064
没有终点的跑道 ……… 067
温柔的力量 ……… 070
搬家 ……… 073
觅得莲花清净身 ……… 076
三不 ……… 079
五彩装与忍辱衣 ……… 082
慈济的"婆婆妈妈经" ……… 085
戒指,戒之! ……… 088
是非不曾闻 ……… 091
化苦为平常 ……… 094
新视界 ……… 097
自耕福田,自得福缘 ……… 100

叁·点亮心灯

两头鸟的故事 ········ 104

效法"常不轻菩萨" ········ 107

一切，只是观念而已 ········ 110

福人居福地 ········ 113

丝绒与牛仔布 ········ 116

失心招领 ········ 119

简单 ········ 122

国王的新衣 ········ 124

如是我"行" ········ 126

忙碌法门 ········ 129

一盏小小的油灯 ········ 132

禅·绽放生命

无籽西瓜的故事（上）………136
无籽西瓜的故事（中）………139
无籽西瓜的故事（下）………142
浴佛的故事（上）………145
浴佛的故事（下）………148
永远的资粮………151
木鸡的启示………156
战胜心魔………159
缝在衣服里的宝石………162
少女的祈祷………165
顶尖人物………168
退后原来是向前………171
一杯咖啡………174
感恩的季节………177
土豆煮熟了没？………180
我们家的故事………183
运命………186
仙女奇缘………189

欢喜智慧

# 开示悟入

开

佛陀来人间,最重要的一件事:为"无明"的众生启开心门。正如一间紧关着门窗的房屋,只有打开门窗,有了阳光的照射,屋内才能明亮。众生的心地本来都有一片光明正大的智慧之门,由于"无明"的遮盖,常处于黑暗迷梦中,只要有人教以方法,便能启开心扇,让光明照耀心地。

如果屋子内有无量的宝藏,豪华的装潢和摆设,自己不愿意亲自打开房门,也无法了解里面的真相,举个简单的例子:上人讲经时,也得打开电灯的开关,灯光才能照耀四周,周围才现出一片光明呀!所以要佛光普照心地,请启开心门,消除内心的尘垢污染,接纳佛陀的教化,迎接光明,追求一切善法。

示

"指示"以及"开导"众生,发挥生命最大的功能,以利

人利己为目的。众生的内心本地有无量的宝藏，然而从无始以来，迷失真心，流转生死，不得自在，甚至连身边拥有的宝物都不知其名，更谈不上去使用它、利用它，又如何发挥功能呢？佛陀苦口婆心，指引一条光明康庄的大道，循循善诱教诲众生如何修行，如何"放眼看天下"以体验人生、增加知识以及待人处事的态度。

从凡夫到圣人，中间行路的方法，从凡夫的俗念到达佛陀的人格，这份任重道远的工作，除了引导者要具备大智慧，众生也要顺从指导人的指引，才能迅速如期到达终点，自身受用，并进而引发他人。

悟

"知道""明白"即是"悟"。佛陀说："一切众生皆有佛性"，佛是觉悟的众生，众生是迷中的佛，突破了"迷"，人人都有成佛的可能。佛陀透彻人生宇宙的真理，体会三理四相：人的心念有"生、住、异、灭"，人身有"生、老、病、死"，世间有"成、住、坏、空"，这也是佛陀所说的刹那生灭迁变的"无常"。

凡夫只为关心自我、爱护自身，却不明白我们的身体有如"水上泡"，容易破灭、消逝。把身体当做一部汽车，是用来运载道业，车子不坚固的话，无法从起点载货至终点，所以道业的成就有赖于身体来完成；虽说"视死如归"，为什么上人对自己虚弱的身体还有几分的惶恐呢？因为上求佛道尚未透彻真理，下化众生服务的事业也未完成，因此，时时刻刻以无常警惕自己，分秒必争，珍惜生命，真正体悟如何"上求佛道，下化众生"的真谛。简单地说：认真听闻佛法，认真做利益众生的工作，处处为别人设想，以服务人群为人生的目的才是"觉悟"的人生。

入

佛陀是一位觉者，自觉、觉他、觉行圆满。他开示众生入佛的知见，启发众生的心门，指引众生学习佛的智慧和见解，启发良知，发挥良能，把这份功能应用在福利社会，服务人群，以"佛心为己心"，化贪念为满足，转满足为慈悲，化慈悲为爱的力量，发挥人性爱的光芒，使人人爱我、我爱人人，唯有这份爱心，才是快乐的泉源。只要"众生欢喜佛就欢喜，众生心安我就心安"，这就是入佛的境界。

（一九八九年四月）

呈现内心本地风光

佛说:"大地众生人人皆有如来智性,这就是清净的本性。"上人也说:"人人内心本地有一片清净无染的佛性,奈何凡夫被无明烦恼所蒙蔽,终日只知寻找身外虚无缥缈的风光景色,而舍弃这片人人本具的内心本地风光,清凉无染的心境即是西方极乐的境界啊!"

内心本地的风光即内心清凉无染的境地,到达内心清凉的境界,就如同拥有无量的宝藏一样,像身处极乐世界一般,那么,周遭的一草一木,看起来正是"七宝行树",眼看四季欣欣向荣的花草树木,悦耳动听的鸟鸣声,构成一幅引人入胜的西方极乐世界的画面。

七宝行树在心中

一味地贪恋身外优美景色,喜爱游山玩水的人们,其实,这些只不过是与草木共为伍、和水土共为伴罢了!只要一阵狂风暴雨吹袭即会凋落、破坏、流失。因此,身外的山明水秀、明媚风光，远不及佛法甘露法水的滋润，能使人内心轻安自在，心旷神怡。

被烦恼无明包围着、困扰着的人，犹如置身于烘炉烈火中，即使以甘露法水遍洒在身上也没有办法浇熄这场无明的烦恼火焰。所以，必先把心中的烈火——无明烦恼，自我扑灭，然后，无形的甘露法水才能渗透、滋润心田，到达清凉的境界。

佛法的甘露需要日常点滴的累积而成，平时听经闻法，能领悟佛陀的一句法语或体会师父一句简单的开示，就可使你终生受用不尽。

金沙布地在脚下

颜回是孔子最得意，也最受他赞扬的弟子，"一箪食，一瓢饮，处陋巷，人不堪其忧，回也不改其乐！"这是颜回内心知足少欲、安贫乐道的写照，他的求学态度诚恳而严谨，深藏不露，能闻一而知十。孔子对弟子更是观察入微，在日常生活中颜回能身体力行，实践真理，不自夸，也不炫耀，能谨言慎行，难怪在三十二岁以前，即能彻底理解孔子的心源道理。我们要以颜回为榜样，时时反观自性，时刻观照本地自性的风光，人人自我建设。

佛陀的教育深广无涯，为教导众生而"倒驾慈航"，我们要把握时光，岁月不留人，不要让时光空等闲，赶紧降服心头野马，收回放逸的心念，清扫内心污秽尘埃，来容纳佛陀的教化，以身外的风光，反照内心自性的风光，愿大家收摄心境，找回本地的风光。

听听外面鸟叫声，难道不是"迦陵频伽鸟"吗？

看看地上的几粒石头，一堆细沙，不也是"金沙布地"吗？

远方一行行的树木，不正是西方极乐世界的"七宝行树"？

心静、鸟鸣、风吹、树动，构成了西方极乐世界的境界，学佛者要培养这份超然安静的境界啊！

（一九八九年五月）

火里锤炼出来的菩萨

佛教是一门教育,佛陀以一大事因缘出现在人间,为的是要降服刚强的众生、教导众生,转凡夫的俗念为菩萨广大的心胸,完成佛的人格。

为什么众生刚强、难调难伏呢?由于累生累世的习气,加上后天生活数十年所熏习成性的习惯,使得终日在五欲"财、色、名、食、睡"中打转,引发了"贪、瞋、痴"三毒的蔓延,迷失本性,造业不断,而流转于生死。我们学习佛法、接受佛陀的教化,使人人回归本性,找回如来真实的佛性。

上人常作譬喻:佛教好比一座烘炉,众生刚强如铁,有长、短、方、圆不同的形状,把这些未经烘烤锤打的铁块,一一投入烘炉中,以高温烈火加以烘烤,使之软化后,再以铁锤用力敲打锤炼,然后丢入冷水中,冷却后再置入烘炉中烧炼……如此一次又一次地烘烤、锤打,直到成为精美细致的器具,可供人使用、能发挥它的用途为止。

甘露法语　醍醐灌顶

每当上人讲经说法时，句句甘露法语如醍醐灌顶，惊醒了梦中人，愧疚万分地流着忏悔的眼泪，内心更痛定思痛，非赶紧痛改前非，好好修行不可；否则"一失人身，万劫难复"，做人才能有修行的机会啊！又如参加打佛七时，七天用功精进，发愿恳切，恨不得自己能"放下屠刀立地成佛"。可是，一旦离开道场，又旧态复萌；恳切的愿力淡薄了，成佛的信心消失了，难以阻挡的业力又现前了。贪还是贪，发脾气还是发脾气，七天中的磨炼，真是前功尽弃。佛教尽管是一个大好的烘炉，顽钢、废铁即使已烧烤得又红又软，不经过一番锤打，热度一退，这些圆的、方的、长的、短的铁块，到头来形状依旧，所以烘烤锤打的过程能说不重要吗？

千锤百炼　顽石成金

如果把佛教比喻为一个大烘炉的话，那么，慈济就好像是一支大铁锤，行走在慈济道上的诸位菩萨行者，个个任劳任怨，人人都是一块经得起大铁锤锤打、磨炼的"铁块"。在上人殷勤苦心的教诲下，成千上万的"浪子回头"，不计其数的"顽石点头"；打铁要趁热，我们可曾体谅"打铁人"的心血付出多少？千锤百炼打出一尊尊令人赞叹的菩萨，要耗费多少的时间和精神啊!我们要自我反省和鞭策,正如上人时时教诲我们的一样!慈济是一条漫长的菩萨道,人人必须经过六个站——布施、持戒、忍辱、精进、禅定、智慧。学佛经由"六度"的实践,来完成自己的道业。慈济的道路还相当漫长而遥远,慈善、医疗、教育、文化四大目标[注]是我们力行的方向。愿人人鼓起信心、毅力和勇气,就像百炼可以成钢的铁块,只要能成材成器,即使舍身命、献形寿也是值得啊!

(一九八九年六月)

[注] 慈善、医疗、教育、文化此四大目标即是慈济"四大志业"。然,社会风气不变,当染发、穿鼻洞、戴舌环……亦被名之为"文化"时,证严上人遂于2004年11月,将"文化"志业更名为"人文"志业,期勉慈济人树立当代"人品典范",让真善美的行止"文史流芳"。

谦虚与礼让

上人说：人的习性不同，各如其面。修行必须走入人群，在人群里和各种不同习性的人，互相磨炼和适应，要圆融相处，和睦相待。

人生在世不能离群生存，在群众中能"自谦""礼让"，对人肯付出爱心，便能博得好人缘，给人好感。若别人对你产生一分敬重和遵从，则你说的话，句句都能取得他人的信任，那么，做起事来就毫无障碍，事事都能通达无阻。

佛陀尊重一切众生，视"人人皆有佛性"，教化我们"心、佛、众生三无差别"，佛陀已经成佛，还是如此的谦虚和平等，更何况我们是凡夫？因此要遵循上人的教诲：内心自谦就是"功"，学佛的人一定要学得很谦虚，学会缩小自己；外能礼让就是"德"，我们对人要放大心胸，懂得礼让，长幼有序，尊师重道。

手划虚空　划过无痕

谦虚是一分内心修养的功夫，功夫够则表现在形态上必然有一分礼让的美德。上人时常要弟子做到：退一步、让一步，以成全别人。学佛的人更应学习"手划虚空，划过无痕"的心胸，则呈现在眼前的便是一片海阔天空！因此，内行谦卑、外行礼让，是我们修行最主要的目标，因为缩小自己，把自己看淡一点，即是无我。无我则能包容一切，尊重别人，而别人也一定会来尊重你、接受你。

骄者必败　大爱无涯

有一则小故事：一只鹿儿在一条河旁，从清澈的水中，它看到自己的头上有一对弯曲又美丽的鹿角，内心沾沾自喜，也引以为荣，它自傲地自言自语道："在所有的动物中，谁都比不上我的角，既高贵又美丽。"可是当它又看到水中映出四条又细又长的脚时，内心不禁升起一阵自卑，心想："这四只丑陋的脚为什么要生在我的身上呢？难看极了！"当鹿儿左顾右盼的时候，突然来了一个猎人，鹿儿吓得拔腿就跑，正因为腿长，所以跑得快，猎人因此追不上它。没想到鹿儿正要说声"腿儿，真感激你救了我的性命"时，不幸，它心爱的鹿角被树枝绊住，任鹿儿怎么挣扎，也无法挣脱，最后终于被猎人逮到。

这则小故事启示我们：做人要谦虚、平等。自傲者到头来会尝到失败的痛苦，在人群中，自傲者也会失去群众护持的力量啊！日常生活中，待人处事不要有分别心，要有一股平等的观念，去除贡高、我慢、我执和无明的习性。上人谆谆教诲我们："舍小爱为大爱，大我无私的爱能包括小爱，而小爱却无法包容大爱，要爱别人如同爱自己一样。"果真能爱别人如同爱自己一样，那么不但自己欢喜，别人也高兴！即使习性不同，也能人人皆大欢喜。冲破自我吧！让我们的大爱，尽虚空遍法界，使之融合于大自然中，同体大我的爱——清净而无染，透彻而无涯。

（一九八九年八月）

尊师重道

上人说:"立身处世于人间,或发挥做人的功能于社会,不能没有启蒙之师。学习者要有教导者的教诲,落后者要有前导者的引导,此教导者、引导者皆是学习者的老师,通称为'师长'。"

合抱之树发于毫芒

"生我者父母,成我者师长",十月怀胎,三年哺乳,人的身体是来自父母,但是要成就道业、完成学业,则必须仰赖师长。亲情止于此生此世;师长开启我们的慧根,成就我们的慧命,因此师长的恩惠无异于父母,甚至超过父母的恩德。

师长的德更是重过乾坤,莲池大师曾说:"师长之德逾于父母,重于乾坤。"又说:"所以弟子事师,不敢慢怠。"他是一代明师,但也曾经为人子弟,能尽弟子的本分奉事师长,不敢轻慢,所以能够成为佛教中的一代宗师,这就是尊师重道。瞧瞧山中"合抱之树",难道不是"发于毫芒"吗?能成为庇荫万众的大树,是自最小的一粒"种子"开始;能领导大众,成为人天导师,也是要从"尊师重道"做起。

今天的慈济志业,从当初克难式的济贫工作做起,发展到现在的慈善、医疗、教育、文化四大工作目标,甚至近四十万的会员,这是上人秉持着师公印顺导师的两句话——"为佛教,为众生",上人对这六个字终身奉行不渝。得一师而拳拳服膺,上人以师公为内心深处的明灯,时刻不敢离开师公的教法。上人说:"我敬师如佛,师父给我的两句话,就是我的宗旨,也就是我的基础,我宁可不立经门,却不能不拳拳服膺师长的教诲,我也一样不敢轻慢师长啊!"

敬师如敬佛　师志为己志

听了上人的这些话,内心实感到无比的惭愧和内疚,试问:几年来,我们亲耳听过上人多少的教法?又亲身领受过上人多少的叮咛和嘱咐呢?如果可以车载斗量的话,成箩成筐的话语,是数不尽、说不完的,然而我们到底领悟了多少?又接受了多少?我们做了什么?又付出了什么?再扪心试问:自无始以来,我们随着业力,茫茫流转于三界苦海中,然后又在业海中惨遭灭顶,不断沉沦。幸有上人不畏辛劳地一一赠予我们救生圈,让我们能浮出水面获得一线生机,且又殷切地教导我们如何登上彼岸，得到身心的清凉安乐。为人子弟的我们，要有一颗感恩图报的心啊！"敬师如敬佛"，这并非仅是文字口传，而是要身体力行。尊师要依"师志为己志，守志奉道"，敬师要依"师之人格即为我的人格"，无论环境如何变化，都能坚定志向受持教化。

　　回顾过去做学徒、长工或学功夫的人，在漫长的学习期间，一定殷殷勤勤、恳恳切切地事师服劳，才能得到师父全心的调教，得到师父的真传。修行学道亦然，诚如上人所说："坚守一个志愿，力行一条正道，则能直达最终的理想和目标，否则三心二意无定性，四处徘徊不专精，则永远无法到达终点！"百万法门，必定要有一条真正要走的路，不要今天走这条，明天走那条，走得心烦，听得意乱，对我们毫无益处。只要我们能择师而从之，遵循上人"得一师而拳拳服膺奉事"之慈示，学习上人为佛教、为众生舍身命、尽形寿的牺牲奉献，这股精神，便是真正的尊师重道。

（一九八九年九月）

七辈妇

上人说:"身为慈济委员,又是一位家庭主妇者,应以建立美满的佛化家庭为目标,辅助丈夫,教育子女,有了健全的家庭才能有健全的社会,人人才能过着安稳自在的日子。"

佛教徒的责任

作为一个佛教徒,应如何担负起教导社会、净化人心的责任呢?俗语说:修身、齐家、治国、平天下。可知修身、齐家是安定国家社会重要的一环。如何修养自己,进而建立一个温馨美满的家庭呢?这要仰赖于一位好妻子、好母亲,丈夫和儿女才能全心全力地贡献社会,福利人群。

常常听人说:"成功的丈夫,背后总有一位贤明的妻子。"那么,要怎样做一位贤明的好妻子?上人曾以七辈妇来教育弟子,期望弟子们体会上人的用心。

《玉耶女经》说:长者有一媳妇——玉耶女,长得貌美,但贡高骄慢。一日,长者恭请佛陀为她说法。

佛陀说:"玉耶女,人纵然再美也不会长久,你想追求一个永恒的美吗?我以七辈妇,让你自行选择。"

一、母妇:照顾丈夫如子女般的细微,日常生活中饮食、穿衣、起居,一切都要以慈母的心态去照料,爱夫如子,有如母子连心般,没有你我之分。

二、妹妇:即"敬夫如兄",妻子视丈夫如兄长般地敬爱,像妹妹对哥哥般地手足情深,则同样地,面对着公公婆婆,也能如同对自己亲生父母一般地孝顺了。

三、妇妇:是"女人中的女人",具有柔和善顺的气质,能相夫教子,彼此相敬如宾,对内要善理家务,体谅丈夫工作的辛苦,使他无后顾之忧,要投其所好,使他心生欢喜和高兴。

四、知识妇:女人有和男人同等的智慧,但不能以"女强人"自居,使丈夫产生自卑感,对外能协助丈夫开拓事业,遇有困难时,能以正确的方法、冷静的头脑、高超的智慧分析其利害得失,诚心恳切地协助丈夫。

五、婢妇:要视丈夫如主人般地侍候他,心甘情愿地接受一切顺逆,做个任劳任怨的婢妇。

六、恶妇:懒惰成性,不照顾家中大小琐事,喜欢在外游荡,说人长短,谈人是非,和丈夫你一言我一语地反唇相讥,使家庭失和。

七、夺命妇：通奸害夫，败坏夫家名誉。

佛陀开示完毕后，含笑微视玉耶女，此时玉耶女羞愧得泪水布满脸颊，五体投地虔诚向佛陀忏悔道："过去，我自恃姿色美貌而生贡高我慢的心，今后，我愿终生侍奉翁姑及丈夫。"于是佛陀为玉耶女授三皈五戒。

佛法即世间法

佛教是一门包罗万象的教育，只要有心去研究，佛法不离世间法。七辈妇包含五种良妇、两种恶妇，佛陀以此教育女子去恶趋善、迎向光明。身为女子的我们应好好选择自己的方向，先从本身的修养做起，尽好家庭主妇的职责，进而就能影响先生和子女，每个家庭都健全了，社会和人心也就跟着净化了。

（一九八九年十月）

药师佛与阿弥陀佛

在五六年前,有一位七十多岁的老法师,修持严谨,住在埔里的观音山。因为老法师是一位苦修者,有一天,他跌断了腿,又缺钱医治,病情日益严重,邻近的同修者写信给上人,上人便前往埔里去探望他。

这位老法师见到上人便说:"花莲是在台湾的东部,而慈济在花莲,济贫、救病又建医院,真是名副其实东方药师琉璃光如来的世界啊!"不错,花莲这两个字和佛教息息相关;上人曾说:"能转花莲为莲花,莲花出污泥而不染,使花莲地区成为真正东方清净的琉璃世界,人人皆有一分责任。"

旭日东升与彩霞满天

我们都知道,在佛教中有两尊佛的国土比较接近人间,一个是东方琉璃世界,另一个即是西方极乐世界。如果一日当中,以太阳的升起落下来比喻,无疑的,有两个时辰最美好:一是清晨,太阳自东方升起,万道金光温柔照耀大地,万物苏醒,带给人们无限的光明和希望,好像是在鼓励我们去除内心的黑暗,迎向光明,也代表着积极的人生观。另一个则是黄昏时刻,太阳西下,彩霞满天的景色也很美,当此情景,常可让我们领悟到人生的"苦、空、无常",也仿佛在警惕我们:生命是非常短暂的,要好好地珍惜它、利用它,让无常短暂的生命,发挥它无量的功能。

有人误解东方药师佛和西方阿弥陀佛的意义,念"药师佛"的人只着重在消灾延寿。而专念"阿弥陀佛"的人,则多半希求带业往生到阿弥陀佛的极乐世界,才能不生不死,享尽西方之乐。上人在讲解《药师经》时,已明确地指出修持药师法门和净土法门都有很大的功德。上人说:"这两尊佛都非常地慈悲,苦口婆心,用尽方法来救度众生;一是将我们短暂的人生教导得尽善尽美。一是度脱众生,接引众生到达彼岸,这两股力量,好像茫茫黑暗中的明灯,让我们行走在人生的旅程,有明确的导航。"

佛佛道同　殊途同归

东方药师佛发十二大愿,包括了十二种人生的苦相,药师佛以智慧和积极进取的精神教化弟子,面对着苦难的人间,如何勇于接受一切逆境的考验,也教导我们如何做人,好好站稳脚步,挺起胸膛冲破难关,以信心、毅力和勇气排除人生一切的苦难才能延寿，在人间才能得富饶快乐。就好像太阳从东方升起，有了阳光的照耀，苦难的众生才有光明和希望，这是东方药师佛的精神。

西方阿弥陀佛发四十八大愿，在生老病死、尘劫茫茫中，度脱众生跳出三界，甚至发大愿心，只要肯念阿弥陀佛圣号的人，阿弥陀佛就能伸出双手接引，让他在西方极乐世界接受佛法的教诲。所以阿弥陀佛发愿倒驾慈航来人间，为坎坷堪忍的世界谋幸福，这是阿弥陀佛的精神。但是有的人念佛只为了脱生死，避免六道轮回之苦，只为自己求解脱，这是独善其身、偏向消极的行为，所以佛教往往被人误解为遁世的、消极的，好像是西沉的夕阳一般。

诚如上人所说："佛佛道同，殊途同归，经文无分深浅，佛法没有高低，只要众生的心能够去吸收、领会、应用，就是最微妙的大法。"东方药师佛代表人生的光明和希望，西方阿弥陀佛代表对生命的警惕和鞭策。一则是人生的追求，一则是生命的观照；一是外铄的，一是内省的，两者不应偏废，才是究竟圆满的人生。

（一九八九年十二月）

圆满的人格

上人训勉弟子说:"要利用难得的人身,好好修持,做人是通往成佛唯一的道路,若要成圣成佛,必须先学做人,人格圆满,佛格即成。"圆满的人格需要靠不断的修行。"修行",往往被人误解为出家人才能修行,其实,修行表现在日常生活中,是人人应有的。修行——"修"是修心养性,"行"是端正行为;也就是先修好我们的心,养好我们的性,然后再端正我们的行为,最后达到良知的启发,良能的发挥。

上人一向"寓修行于生活",注重身体力行,不说空话,不做无意义的事,并鼓励弟子"能做就是福",时时铭记"多做多得,少做多失"的道理,期待弟子们能从生活中把真理走出来,将言语化为更多的行动,以利益人群。上人又说:"修行得自己来,靠自己的精进来启发自己灵明的觉性,我们不能期望无修自成的果实。"时时有如"十目所视,十手所指"般地自我约束,自我警惕,此即是真修行了。

多做多得　少做多失

　　上人曾以一则小故事，警惕修行者要自我约束，时时保持心地的清净。有位修行人，做完早课后，忽然屋外飘来一阵花香，不觉信步走到莲花池旁，做一口深呼吸，享受一下花儿的香气，不料竟触怒了池神。池神生气地对这修行人说："修行者要保持六根清净，你还有贪香之念，修什么行呢？"正在这个时候，有一个农夫也来到池边，不管青红皂白，拿起锄头把池中的莲花，连根带叶斩除带走。池神看着这一幕，竟然一言不发，修行人感到十分讶异，问池神说："刚才我只是站在池旁，既没偷你的花，也未动你的池，你竟如此生气地责骂我，而现在这个农夫这么做，你既不生气也不阻止，到底是什么缘故呢？"

　　池神回答说："修行人有如白毡子般地纯净，要处处小心保护这条白毡子，不能受到丝毫的污染，所以你起心动念要谨慎，不要有差错；而这个农夫，如一个造业累累的凡夫，就像白毡子已被染黑，已经肮脏透了，甚至破旧得像一条抹布；再劝他、教他也只是枉费心机而已！"

人格若成　佛格就成

　　由这则故事中，是否体会到一位修行者要真正能做到修其心，养其性，端其行，非下一番工夫不可？每一个人往往在学佛之前，可以随心所欲，放纵骄慢，为所欲为，就像农夫一样，不断造业，谁也管不了他。一旦踏入佛门，一举手，一投足，就得小心翼翼，惟恐有差错，所以学佛之后，要打开心门，随时接纳别人的规劝和教诲、批评和指正，才能彻底自我反省，变化气质，改过自新。在真心悔过之后，发愿"不二过"，更要严格地审察自己。诚如上人所说："学佛之前，生命像一张白纸，横写竖写，随心所欲尽可由他，学佛之后，生命像在纸上学写字，要端正规矩才能给人看。"所以修行要时刻修心养性、端正行为，直到一切无明蔽障都消除，直到心光显露，回到真如本性，做个真正的人；那么，人格若成，佛格就成，人格如不成，又怎能成佛呢？

（一九九〇年一月）

 # 发露求忏悔

未踏入慈济以前,我是颠转在迷梦中的众生,从无始劫以来,在"无明""颠倒"中打转,还自以为是。在贪、瞋、痴、慢、疑中打滚,而不自觉,身、口、意三业所造罪障,无量无边,地狱门为我而开,三恶途更有我的份。迷梦中的我,竟还不自知地任其横行霸道,真是可怜!

人生转捩点

有人说:"有宗教信仰的人,就像黑夜里,拥有一盏明灯一样。"我何其有幸,拥有了这盏明灯,指引我人生正确的方向,照亮我光明的前程。

在一九八〇年,皈依于恩师座下时,上人简短的几句话,刻骨铭心地烙印在心坎里——"今后,能将师父说的话,融入于心,然后去改变你自己的行为。如果能依照师父所说,一一信受奉行,那么,你就是三宝的好弟子。"就这样,我跨出了学佛的第一步,这是我人生的转捩点,也是我学习做人

的开始。"凡夫是成佛的起点,佛是凡夫的目标。"对我而言,虽然距离成佛的目标还遥遥无期,但幸运的我,毕竟找到了通往目的地所必须经过的菩萨道——慈济之路。

当时,我虽已经是四十出头的中年人,上人训勉我:"只要起步,永远不会太迟。"不知真理则已,一旦得知真理,就该急起直追,不可半途而废。因此,满怀着感恩,步行在这条康庄大道上,不知不觉的,已经过了十年了。十年的岁月,如果以"种树"来比喻,从播下一粒种子开始,也得经历一番苦心的培植和灌溉,才能成长、茁壮啊!上人对每一个弟子总是殷勤教诲,苦心栽培;如一位园丁,期待绿叶成荫,供人乘凉;果实累累,供人食用。奈何做弟子的我,总是不能达成上人的期待。

修养自己是慈济的大护法

回首这十年来的岁月,习性好似"晴时多云偶阵雨"的天气;又常常像一棵被照顾得十分茂盛的菩提树,却被无明的狂风骤雨打得落叶满地,望着光秃秃的枝桠,无可奈何地等待"来春"再长出新芽。上人说:"'一把无明火,烧尽功德林',真可惜!"可不是吗?好不容易种出一片绿油油的功德林,却被一把无明火,烧成焦土!上人又说:"树木被风吹倒,有扶起再复活的机会;被洪水冲走,有再找回的可能;

若被火烧焦，就什么都化为乌有了。"

原来，凡夫心是刚强难以调伏，凡夫心是心猿意马、散乱不定，很难保持原来那分清净本性的。虽然每一次总会说："我错了，再起步！""我错了，再从头开始吧！"但是究竟能有多少时光岁月任我们犹疑、虚掷呢？有一次上人严厉地斥责："你预期有多少生命可活？习性真有那么难改吗？不过是缺少勇气和毅力罢了！"上人又说："当一个人没有办法再自我教育的时候，他也就无法再接受别人的教育了，他的成长，也将就此告一段落。"当头棒喝，猛然清醒过来，原来学佛修行，有如逆水行舟，不进则退啊！

人，往往在原谅自己的那一刻开始"懈怠"。又再一次地忏悔，如果习性不改，原地踏步，将永堕恶途；赶快改头换面，精进不懈，回归如来本性吧！希望人人发愿：为上人分担如来重担。要分担重担，先从自身做起，依照上人所说所教，融于心、形于外，自我教育，不要让上人为你担忧挂虑，这便是分担上人的重担了！"修养自己便是慈济的最大护法"正是这个意思。

（一九九〇年二月）

慈济跑道

诞生在慈济的大家庭

缘 起

犹记一九八八年的冬季发放日，同时也举办委员推展月的活动，全省共计有一百六十九位新委员加入慈济菩萨道的行列。台北区"鸡妈妈"们，为了欢迎这些新"蛋"生的小鸡，三月十日中午在吉林路台北分会举办一项别开生面的"迎新会"，感谢台中地区的委员，专程搭乘一部游览车前来参与盛会，还有澎湖地区也千里迢迢地来了四位师姊，只见人头攒动，法喜洋溢在每张脸庞上，使得"迎新会"更显得其乐融融。

培育慈济营养心

一进大门，首先映入眼帘的是一张大海报，写着："欢迎新委员，心手相连，迈向慈济大道。"约有百余位胸前佩戴着"佛心师志"的新委员和大家共享慈济餐，我们要以"慈济营养剂，培育慈济营养心"，"鸡妈妈"亲切热诚地为"鸡宝宝"夹菜送汤，那分无微不至的护爱，是发自内心最真挚纯真的感情，蕴含着无限的期盼和希望：诸位新发意菩萨，我们竭诚欢迎您！愿大家有一分光，能散发一分热。师父常言："点点滴滴的力量都是我生命的泉源，是慈济慧命的原动力；在任何地方多产生一位委员，就等于佛教在当地多了一位菩萨行者，委员是贫与富之间的桥梁，让爱心充满社会，使每一个家庭得温暖，苦难众生得离苦。"

用完中餐，新委员个个皆是十分专注的表情，希望从这个特地为他们举办的盛会汲取些许经验，作为来日行走慈济菩萨道的借镜。下午一点许，就在杨碧珠师姊代表恭读"委员手册"中师父的序文后，迎新会揭开序幕。首先请在慈济大家庭中素有严父之称的大师姊勉励大家："为慈济志业无所求地付出，是委员们最难能可贵的地方；然而，一分耕耘，一分收获，慈济是一方大福田，将福的种子撒播在福田中，不断增长，将有累累的果实好收成。十多年来能行在慈济菩萨道上，要感谢钱先生，让我无后顾之忧，如果有功德的话，要分给他一半；如今他已往生了，他带走了我给他的一半功德，所以我比大家少一半啊！今后，非加紧脚步不可，我要好好做，更要和大家一起做。"

杨玉雪二师姊是我们的慈母，她也勉励我们要："心连心，手牵手走在慈济道上，越走越平坦，越辽阔。"记得二师姊曾经说过一段很感人的话，她说："在这一生中，绝不计辛劳，贯彻心志为慈济做事，趁着能说能走的时候，尽心尽力做，即使老到无法走动，没有力气说话了，也要用写的来宣扬慈济精神，尽其一生都要为慈济效劳。"她们对慈济无怨无悔的护持挚情，值得大家效法和学习。

"迎新会"上，台北多位组长也把师父的法宝，透过自身的体会，毫不吝惜地赠送给大家，句句皆是金玉良言，这份无形的礼物让受者个个法喜充满。

静施师姊："莫错过慈济道上的好因缘，知缘、惜缘、造福缘，更要知福、惜福、再造福。"

静熙师姊："紧紧追随师父的脚步，开创明日佛教的历史。"

静曜师姊："慈济有今日的成果，要感谢师父和资深委员的指引，慈济永远没有最后一班车，何况慈济志业尚有十分之七尚未完成，现在加入正是时候，像及时雨，慈济要大家的力量，切莫退转。"

慈敏师姊："慈济志业是佛教慧命的延续，每个人的右肩担的是佛教的精神，左肩挑的是慈济的形象，胸前挂的是自己的人格和气质，我们委员可说任重道远。"

静宥师姊："做慈济委员的先天条件是：理好家务事，做好家庭主妇的职责,并把握人生,充实自己,记得每一天都是做人的开始,每一个时刻都是自己的警惕。"

静洁师姊:"安定社会的力量是'爱心和关怀',慈济是推动这股力量的手,目前的社会正需要我们去散布爱的种子。"

静熙和静宥两位组长是最会孵小鸡的"鸡妈妈",自己的俗家,也只有小孩两三个,可是在慈济大家庭中竟能带出一群群同年同月同日生的菩萨行者,我们常打趣:"多生几个吧!卫生局绝不会开罚单的。"因为社会上多一个好人,就多一分光明,人多、力大、福也大,佛经中有一譬喻:"暗室中有炬火。如以千百炬,来分火点燃,并不影响本身的光明,反而能增加室内的光明。"慈济行列,如一光明火炬,炬炬薪火相传,不但点亮了自己,照亮了别人,进而点亮了普天下黑暗污浊的角落,化黑暗为明亮,化秽土为极乐,这是慈济世界最崇高的理想。

勤习六度　永结法亲

佛教说三世因缘,今生我们在慈济重逢,即是过去世结下的善缘,这分善缘更将延续于来生,血缘亲属的缘仅止于今生此世;而慈济道上,同师同道又同行的法亲道侣,则是生生世世绵延无尽的,我们应当知缘、惜缘、再造福缘,让更多人点亮自身心光,发挥"人人为慈济,慈济为人人"的奉献精神,社会就多一分的光明和谐。

无论是学校或机关,通常都有"迎新送旧"的名词,慈济道侣生生不息,资深的爱护新进的,新委亦同样怀有"敬老尊贤"的美德。资深委员为了表示欢迎新委员加入慈济的大家庭,特地准备一份小礼物相赠——是木雕的六度波罗蜜,上面分别刻着:布施、持戒、忍辱、精进、禅定、智慧。此中意义深远,正希望大家照着这一条大道去实行,那么,个个就是人间的活菩萨。木刻上下系以坚固牢靠的红色中国结,有"永结法亲"之意,礼物虽轻而情意深浓,会中洋溢着一片欢欣和乐的气氛。

今天的贵宾李宗吉董事长,是一位"一心不二志"追随师父的长者,也对全体委员作一恳切的嘉勉,他说:"慈济大家庭和睦而安详,这分超逾手足之情的法亲厚谊,令人羡慕不已,愿大家群策群力,贯彻始终,共创慈济志业于千秋,给自己留下人生美好的回忆,也让子孙以今天我们所做的为荣。"我们感谢李先生对慈济忠心耿耿的护持,无论是财力上的支援或精神上的鼓舞,都是一股庞大的力量。

"迎新会"上的主角们是新委员,接到这么多无形或有形的礼物后,感动之余,也纷纷上台吐露心声……

迎头赶上　分担如来家业

台北新委员洪美惠说:"当了委员有如刚入学一年级新生的心情一样,感到手忙脚乱,也觉得既新鲜又兴奋。以前自己站在门外,看到慈济壮大的队伍,内心震撼不已,看到慈济的真善美,认为它就是我终身向往的世界,我多么盼望有一天,自己是慈济人。今天,我的愿望终于实现了,这是我学习做人的起点,踏进慈济,让我学会反省自己,凡事能善解,把大事化小事,小事化无事,这是幸福的根本。"

林智慧委员的编号是一一三三,师父祝福她:"此后一切皆一一轻松。"她感恩地说:"当委员是快乐人生的开始,感谢师父赐给我生命的再生,使我转迷信为正信,化刚强为柔和,只要秉持诚正的心念,则处处受欢迎。"

台中地区的新委员杨清溪也上台说出了他的心声,他形容自己好像是刚突破蛋壳的小鸡,可以走出来奋斗,只可惜太慢了,如果早十年就好了;今后要学习师父"分秒必争"的精神,把握人生。

他又说:"看到台北委员们互相尊重、礼让和谦虚,是师父伟大精神的感召使然,师父确是观世音菩萨的化身,他不忍众生苦,抱着羸弱的身体引导三十多万人行善布施,亲眼看到师父每天苦口婆心地为那些心有千结万苦的人排难解惑消除苦恼时，我的心有多么不忍！请问：师父的痛苦向谁倾诉？我们何不'能做赶快做，能担当的多分担些'，遇到困难时，自己商讨解决的方法，凡事'报喜不报忧'，让师父宽心、放心、有信心，那师父的法体会更好，自然长寿百岁，岂不是众生有福吗？"

杨师兄的一席话，在场的有心人皆受感动，大家报以热烈的掌声，一致表示："我们应该这么做。"

慈济第二代的新生儿，台中蔡谢慎委员的公子蔡政霖说："多年来在父母潜移默化中，体会人生的真谛，又听师公说：'我什么都没有，只有命一条，为佛教、为众生、为众生捐献这条命。'我内心很难过，毅然担起委员的重任，为师公分忧。我还年轻，要以事业为基础，以志业为理想，赚更多的世间财转为功德财，一百万不算多，十块钱不算少，点滴溶于'慈济功德海'。"

坚秉三心　遨游慈济道上

王万发伉俪和丽华、美华师姊也都表达了他们要说的话，大家都谦虚地表示："抱着学习的态度参加这次的迎新盛会，当听到诸位师姊齐唱《新委诞生歌》时，满怀着欢喜心、感恩心和信心，愿大家携手同心向菩萨道迈进！"最后澎湖的桂桑师姊含着泪水激动地说出她的决心："虽然踏上慈济法船稍嫌慢了些，但在菩萨道上要迎头赶上，绝不输人，并以坚定的信念，生生世世追随师父。"

场内的气氛依然持续热烈着，但不时有人延颈凝望，希望从经过者的眼中探询师父的消息，终于从门外传来了喜讯："师父回来了。"全体委员双手合十起立恭迎师父法驾莅临，并齐唱《新委诞生歌》——"我今天诞生在慈济的大家庭，追随师父以佛心为己心，以师志为己志，精进再精进！"

然后恭请师父开示："今天一早从台中出发到现在才赶到，为的是慈济纪念堂，我说过，纪念堂是佛教精神的堡垒，它的每一个角落都要精心设计，尤其要有宗教的艺术气氛，国际人士以感觉即能体会到佛教的精神内涵，它是一种无声的说法。所以从台中到三义觅寻雕刻师，而后再到观音山，内心便一直急于回到台北来看看诸位云来集菩萨，奈何一路上车辆拥挤，有时在大路上也会感到寸步难行，但是慈济之路是大直道，是一条康庄大道，永远不会行不通，因为菩萨的大道是一条礼让宏宽的大菩萨道，任凭大家畅怀驰骋，刚才进来听到多位委员感人的心声，有对人生的转变，也有对慈济坚定的护念，尤其听到大家唱这首歌时，心中有无限的感动和感激，做菩萨要有（一）一颗赤子之心——天真无邪，心地一片单纯；（二）狮子的勇猛精神，也就是歌词中'精进再精进'的意思；（三）骆驼的耐心，背负重物行走在沙漠上,能吃得起苦耐得住劳,正如歌词中'追随师父,以佛心为己心,以师志为己志',即是难行能行,难忍能忍之意。佛心是一心——慈悲力,师志是一志——慈济志业;愿大家手牵手、心连心、肩并肩走上这条康庄的大直道吧!"

余 响

听完了师父的开示后,所有的新委员悉皆法喜充满,纷纷表示要铭记师父赠予的赤子心、勇猛心和耐心,努力向资深委员看齐,以期在慈济道上走得既稳健又踏实。会后全体新委和师父一起拍照留影,从此,这群生生世世誓愿追随师父行菩萨道的行者,将秉承"佛心师志",把爱和光明散播到社会各个角落,我们谨祝福所有的新发意菩萨慈济道业精进,福慧与日俱增。

(一九八九年三月)

守本尽分即欢喜

上人说:"做人要有踏实感,不要只追求成就感。做人时时守住自己的本分,一个健全美好的社会,一定要人人守本分,站好岗位,尽其所能;如能尽多少本分,就得多少本事。"举一个最简单的例子,任何人看到周遭脏乱,若能立刻弯下腰捡起一张小纸屑、一片小果皮,将维护环境的清洁视为自己的本分事,那么整个社会就能呈现干净而又祥和的面貌了。

很多善心人士,参观慈济医院、护专,更进一步了解慈济四大志业之后,惊讶又感佩上人的伟大,忍不住对上人赞叹道:"法师!您真了不起,为社会做这么多事。"上人总会回答说:"这是我的本分事,我从不曾多做一些,也没有少做一些,只是尽我的本分做我该做的。"因此,做弟子的我们,遵循上人的教诲,追随上人的脚步,一步步向前迈进。无论路途多遥远,踏踏实实地走着,安安分分地做着;虽不期盼获得什么,但那分欢喜就是最大的收获了。

本事要在本分中求

我常想起一则得自长辈的故事：

一位年轻人，前往深山拜师学艺。当他不辞艰苦、千里迢迢来到目的地，拜见了仰慕已久的老师父之后，师父却只叫他劈柴挑水。每日清晨开始，须将一百捆柴薪，扔过屋后的小丘，黄昏的时候又如数扔回。满怀热忱，志在修习武艺的年轻人，心中委实十分不愿意，唯"师命难违"，只好守本尽分地每日进行着那枯燥乏味、扔柴过丘的工作。

一年之后，年轻人忍无可忍，认为自己宝贵的青春不能浪掷在扔柴过丘的日子上，于是辞别师父，黯然下山。不意半途遇上了一群绿林大盗，情急之余，这位手无寸铁的年轻人，竟本能地拦腰抱起大盗，一个个直朝天际扔去，那强劲的臂力、熟练的姿态，感觉竟是那么似曾相识，仿佛他手上抱的仍是一捆捆扎实的柴薪。就在那一刻，他终于体悟到老师父的苦心孤诣：原来一年多的岁月中，他恪守本分，听从师命，早晚扔柴过丘地工作，竟已练得一身好本事，如今方能化险为夷。

莫向他处觅欢喜

年轻人凝望那些四散奔逃的强盗身影，不由自主流下感激的泪水，立刻折返深山，跪在老师父面前虔诚忏悔。从此之后，老师就把十八般武艺一一传授给他，他也因而成为武林中的顶尖高手。

从这平实的故事中，我们体悟到"能得多少本事，就在本分中求"的道理。好高骛远、不肯脚踏实地的人，到头来必然一场空，如上人常比喻筷子有筷子的功能，碗有碗的功能，如果逾越本分，想用碗来夹菜，筷子来盛饭，必不能竟功。再看看慈济道上诸位委员菩萨，无时无刻不是在尽自己的本分，在长街陋巷撒播爱的种子，把点点滴滴的善款汇聚在一起，成就慈济四大志业，而没有任何祈求回报的心，为的只是尽一位佛弟子的本分而已。

（一九九〇年十一月）

 说该说的话

"一句不恰当的话，就会使人产生排斥的心，话要讲得恰到好处，多一句，少一句都不好。"这是上人叮咛弟子们的一句静思语。在日常生活中，待人处事令人伤脑筋的是：往往口一开，"该说的"话忘了说——少说一句；不该说的却不由自主地脱口而出——多说一句。也因为该说的不说，不该说的说了一堆而后悔莫及。所以，有智慧的人说该说的话，没有智慧的人可能口不择言，说话不当；不恰当的一句话，不但得罪人、伤害人，若引起别人的反感和排斥，岂不损人又损己？

"祸从口出"是许多人都有的经验，想断除口祸，非要下一番功夫不可，佛弟子修持身、口、意三业中，口有四善业——

口吐莲花才是好人

一、不妄语：人要"言而有信""口出有实"，无法做到的事，不能任意答应承诺，妄语者不能取信于人，说诚实语者能取得他人的信赖尊重。

二、不恶口：恶口者，败坏人格，令人讨厌；培养慈言爱语，理直气柔，并得理能饶人，"话多不如话少，话少不如话好"，说好话祝福人，令人心生欢喜。

三、不两舌：搬弄是非生事端，使人与人之间的感情破裂，是缺德的行为，不道人长短，能隐恶扬善，远离两舌，才能得好人缘。

四、不绮语：不违背良心说好听的话，不为自己利益用甜蜜的口舌迷惑别人，所谓"巧言令色鲜矣仁"！唯有真实的话语，才能感动人。

常常有人不守口业，口不择言，还会强辩自己是个心地善良的好人——只是心直口快，嘴巴不好而已。上人说："嘴巴不好，脾气不好，心地再好，都不是好人。"嘴巴说出的话好比是产品，心地是制造产品的工厂，说出来的话（产品）粗野不好听，能强辩自己有个好心地（工厂）吗？有时我们受了委屈，表面若无其事，内心的不平怨恨却如浪涛一般澎湃；如果能够真正止息内心撞击的声音，让表现在外的声色柔和善顺，那么，这个人才真正是个心地善良的好人。

谨守口德做人

有一则寓言说："从前有个老实的商人，被某人的花言巧语骗得倾家荡产，心中怀恨不已，于是发誓来世要使对方吃尽苦头，方法是：'下辈子，要当他的嘴！'"

"这张嘴，可真的把他的主人整得惨兮兮，肚子饿了，别人招呼他吃饭，嘴巴却说：'我吃饱了。'做生意时，顾客上门，这张嘴竟胡说八道，于是生意做不成。想成家，看到美貌的小姐想要追求她，竟从口中说出一些粗野无礼的话，令人退避三舍。凡此种种，这张嘴不断地和主人做对，主人都快发疯了。这个主人最后一咬牙，采取了一个杀手锏——从此把你打入冷宫，闭嘴不开口，看你这刁蛮的嘴还有什么办法？这时，嘴巴纵有千万个坏主意也使不出来了，主人也因为如此苦修证悟得道。"

虽是短短的一则寓言，却证明俗语说得好："利刀割体痕易合，恶言伤人恨难消。"更让我们学佛者警惕"言多必失"的道理。若能修好口德，谨守口业，一个人在做事方面起码已经成功了一半。

（一九九一年二月）

没有终点的跑道

上人常常说:"如果多一位慈济委员,就多了一对观世音菩萨的眼睛,也多了两只菩萨的手,来发挥救人的功能,那么,苦难的众生就有福了。"

新生儿之家

慈济大家庭是天下第一家,每年有两次新委员授证典礼,每一次都有数百位委员诞生在这个大家庭,他们不但同年同月同日生,更是同师同道又同志。每当参加新委员授证典礼,看到上人亲自在新委员的胸前别上委员证的刹那,我深刻感受到:上人的心血滴滴注入这些新生儿的身上,从此,"佛心师志"永志于这些新生儿心头,人人发愿:生生世世追随上人,为上人分担如来家业。

在上人的领导下,历经二十七个寒暑岁月,资深委员们不辞辛劳地散播慈济的种子,开垦慈济福田,慈济道上一步一脚印,踏实,安稳;由资深委员衍生到中生代、新生代,代代薪火相传。闻道有先后，行善有迟早，我们时时以"只要起步，永远不迟"来鞭策自己；以"不怕起步晚，只怕不急起直追"来勉励自己。上人常对弟子开示："千里之路，始于初步；没有第一步的跨出，哪能到达千里之遥的彼端？"因此，我们有着"只要找到路就不怕路遥远"的决心，矢志在慈济菩萨道上勇猛精进，永不退转。

人生是一场接力赛

记得，李清波居士曾经描述一段他刚加入慈济时所做过的梦境——

在一个大操场的环形跑道上，有许多老老少少、大大小小的慈济委员，都如运动选手般卖力地赛跑。他认得其中数位资深委员，如静铭师姊、静莲师姊、静熙师姊和慈晖师姊等，李居士和多位男众正犹豫着是否加入赛跑的行列，因为大家都以为运动场上的选手们不知道已经跑了多久了，如果现在才加入，一定落人一大截。

此时，李居士灵机一动，告诉大家："运动场是圆的，跑了几圈之后，除非你离开跑道到旁边休息，否则绝对分不出跑第一名和最后一名的人是谁！"于是大伙儿就跟着李居士加入赛跑的阵容；果然，几圈之后，回头一看，几位熟悉的老委员，已经落到他们之后了。

由这个小故事我们可以体会到，不要畏惧千里之路，也不要后悔起步太慢，怕的是不肯急起直追。今生能够投身慈济，即是前世与众人结下善缘，而这分善缘更将延伸于来生；法亲道侣的情谊，是绵绵不绝、从不间断的，就如同跑在运动场上，人人好似接力赛一样；一期的生命结束，再将这盏心灯传给下一代，如此薪火相传，不生不灭。

所以啊！我们相信：少年的你终会老去，老去的我又会再回来，且让我们珍惜今生在慈济结的这分法亲善缘，生生世世延续这盏慈济的薪火。

（一九九二年二月）

# 温柔的力量

前些日子,黄居士送我一只小狗(约克夏名种),名叫冬冬。我不曾养狗,没有养狗的经验,只是内心想:自从公公往生,婆婆顿失重心,不妨养一只狗,让家中热闹些,何况婆婆也很喜爱小动物。

冬冬的迷思

冬冬的模样长得讨人欢心,每当我们一进家门,它总是雀跃三尺,缠着人团团转,直到抱起它来才肯罢休。平时,忙着做家事时,它也会跟前跟后形影不离地陪着,有时,一家人坐着聊天或看电视,它也会悠然自得地依偎在人的身旁,若我们唤它一声,它会迫不及待地投入我们的怀抱,那种满足又安静的感觉,加上含情脉脉的样子,真是惹人怜惜。

一日,我忽然恍然大悟:它,是人们的宠物,原来具备了这么多的特点——忠心耿耿、柔顺乖巧、善解人意。此时,我回头笑问先生说:"你们男人金屋藏娇的宠妾,也是这般的

柔顺乖巧吗?""是的,正是这般。"他肯定地回答我,接着又赶紧举起双手做发誓状:"我这一生从没养过'宠物'。"我也赶紧宽宏大量地对他说:"即使有也没关系,既往不咎。"

有缘才能成为夫妻,俗语说:"十年修得同船渡,百年修得共枕眠。"身为慈济委员,常常遇到会员一些难解的三角习题——如丈夫结上另外一分缘时怎么办?丈夫、太太和宠妾三角人物间,纠缠不清,剪不断、理还乱的情结,真不知如何是好。

做太太的人,失去先生的爱,痛不欲生,因为女人期望专一的爱情,绝对容不下第二个女人的介入,正如眼睛容不下一粒沙一样;于是一哭、二闹、三上吊,使出全盘的武器。

然而,能解决问题吗?既然彼此"撕破脸",干脆就"不要脸",来个一刀两断;既然你把情场当战场,使出勇士般的精神,奋不顾身,杀得丈夫片甲不留,遍体鳞伤,逼得他无路可逃,他就能回心转意吗?

太太们!冷静地思惟一番!你可曾想到另外的那个女人,当他无路可逃时,她收留了他,她用温柔、体贴打动你丈夫的心,他一寸一寸地瓦解你的力量,最后,到底谁是赢家?

感情是一个球

上人曾经比喻感情如同一个球,施给它愈大的压力,则会反弹得愈高愈远。我们应该培养自己的身心，如月光一般慈悲柔和，宽大自己的心胸，燃起智慧之光，包容一切；若能把爱扩大到去爱他所爱的，他会珍惜这分感情中的恩情——因为你给予他的爱自在而没有压力，相信再冷再硬的心，也会被融化。同时，我们要虔诚地祈求菩萨加持，祝福她早日寻到一位如意郎君，了结这一段婚外情；也衷心期盼男主角早日倦鸟归巢。

（一九九二年三月）

# 搬 家

春寒料峭,连日来霪雨不歇,为了参加今年"预约人间净土"环保绿化篇系列活动的首项活动——老桐树生命之旅,台北委员派代表,于三月七日上午十时抵达新竹,会同新竹委员,前往祝贺二百岁刺桐老树搬新家。

敬树如敬人

委员们耐着寒冷,围绕着老树,齐声高唱:"祝福您!无量寿……"祈祷着体重高达一百多吨的老树爷爷,能顺利迁入新居,愿明年春暖花开时,能重睹老树欣欣向荣的英姿。

如果不是当天亲自参与活动,真难以想象为了延续一颗老树的生命,移植筹备工作的细心周详,乃至移植到仅仅一公里距离的三民公园,共耗费了六小时之久;其中除了整条道路交通管制外,又因树木体积庞大,沿途电线密布,移动艰难。为了保存老树的原形,首先剪断电线,再将高出的旁

枝剪除，一路上走走剪剪，停停走走，如此大费周章，主要在表达人们对万物生命的尊重和珍惜，进而教育我们能敬重老者。

就在走走剪剪的搬动中，尽管目的地近在咫尺，却因行进的工作困难重重，使得参与实地工作的每一位人员，铆足全力，努力以赴，其精神感人至深。不觉内心有所领悟："要让生命再生，需花费的心力真大啊！然而，要毁灭它，却只在一瞬间。"诚如佛经上云："得人身如爪上尘，失人身如大地土。"人们往往在拥有的时候，不懂得珍惜，等到失去了，才后悔莫及。

每一个人，自呱呱坠地到长大成年，以至老年终其一生，真不知道要搬几次家。每次在搬家的过程中，时常弄得筋疲力竭，眼看着满屋满地的衣物、家具，要从这一程搬到新的那一程，再从零乱归于整齐，岂不是也要大费周章，经过一番折腾吗？更伤脑筋的是，每搬一次家，东西就会像滚雪球似地愈滚愈大。

凡夫贪得无厌，该舍的舍不得，该放下的又放不下，宁愿背负重担，在短暂有限的人生旅程中，终日觅觅寻寻，东奔西跑，向外驰求；在醉生梦死中，随着业力沉浮于六道轮回，茫茫然永远没有栖身依止之处。

人生的大搬家

今生,我何其有幸,在流转生死中,在六道轮回里,能得人身,幸遇明师,听闻佛法;虽然,一样的我、一样的呼吸,却有着不一样的人生境界。这不一样的人生境界是由凡夫地,搬往菩萨道,这次"人生的大搬家",是我终生的皈依处,在上人甘露法水的滋润下,使我智慧成长,让我懂得如何抛弃和保留——抛弃无明和烦恼,保有"人之初"那颗良善的心,并进而发扬光大。

"一样的呼吸,不一样的人生!""一样的老树,不一样的家",老桐树终于有了新家!天空仍然下着细雨,正如下甘露一般,它将在另一片土地上继续繁茂滋长;而我,在慈济菩萨道上,更要精进不懈,永不退转。

(一九九二年五月)

觅得莲花清净身

凡是慈济人彼此谈心或吐露心声时,总会说:"我感恩上人改变了我的一生,让我的生命再生。"

论年龄,已是五十出头,尽管别人赞美我的时候,总离不开一个"老"字,什么"老当益壮""宝刀未老""人老心不老",但是经上人的塑造,"整容换心"之后,我尚不知老之将至,自己没有一点"老感";比起十三年前,未进入慈济时,反而感觉到愈老愈快乐,愈老愈有智慧,愈老愈有人缘,愈老愈活出了生命的光辉。

由于慈济四大志业积极地推展,每一位慈济人都不敢懈怠,大家珍惜因缘,做自己该做的事。从去年"行政院"劳委会、新闻局和我们主办多场次的"幸福人生讲座",到目前的慈济文化下乡、慈济精神入校园等等,我都会珍惜、把握这份难得的机会,无论地区的远近,我都喜欢"广结善缘"。内心十分感激家人的护持,尤其是先生,他能让我无后顾之忧,时时刻刻、欢欢喜喜地为慈济工作奉献自己。

"妻子施"功德无量

一日,在精舍顶礼上人,起身告假返北时,上人叮咛我一句:"佛教中'妻子施',功德很大;回家向先生说,他的功德无量。"

回到家,迫不及待地把上人的话告诉他,没想到他竟幽默地反问我:"几年前红牛奶粉的曹董事长捐电梯给医院时,说'明中去,暗里来',那么,你问问师父,我把一个五十岁的老太太,光明正大地布施出去,等了这么多年,为什么没有暗地里来一个二十多岁的年轻太太呢?"

我赶紧指着自己说:"怎么会没有呢?你仔细看看我,擦了十多年的慈济面霜,每天知足、感恩又善解。如今,一善破千'斑'——脸上的黑斑、忧愁都不见了;看我不正快乐得如二十岁的姑娘吗?"

莲花太太

说真的,真正能将妻子布施出来,让她利益人群,行善做好事、结好缘,化小爱为大爱的胸怀,如此的一念善心,福虽未至,祸已远离,更何况"积善之家有余庆"——因为善念,祸已远离;因为积善,家有余庆。试问,祸水还会进你家门吗?恶缘还会来相结合吗?善神、福神永远护持着你,则家和万事兴，绝对不会暗地里跑来一个破坏你家庭的"女娇娃"，你说是吗？

感激外子启发我很多想法，作为我可以说、可以写的素材。

有一次，上人听完我叙述这段"明中去，暗里来"的故事，鼓励我说："先生把你布施给慈济，其实，已经在不知不觉中（暗地里），找回了一位莲花化身的太太了。"

莲花出污泥而不染，代表清净的心，但愿我在红尘滚滚中，能找寻到心灵的自在和清凉，在修行道上，众善奉行，诸恶莫作，自净其意。

（一九九二年九月）

三 不

某日，接到好友的电话，神秘地告诉我一件事，并很慎重吩咐我说："我跟你说，你不要和别人说……别人若是知道了，千万不要说是我说的……"我肯定地告诉他："你放心，我会保密，绝不会泄漏这件事。"

不料，放下电话，马上又拿起电话，把保证不说的话，转手又传给别人，也是附加一句："我跟你说，你不要……"

凡夫发愿在嘴上

回想起一九八七年，慈济纪念佛七时，自己曾立下"三不"的愿——一，不听是非；二，不说是非；三，不传是非。当时曾受到师姊们的赞叹和鼓励，认为我是勇猛精进的菩萨，要向我看齐；静淇师姊也在月刊"如是我闻"专栏中叙及此事，如今已编在慈济文化"静思系列"丛书里。每当读到此篇文章，总觉"不忍卒睹"……

事隔近六年，摸摸良心，自己不但没有力行此愿，且似乎早已把"三不"抛到九霄云外了。

去年八月中旬,又在文化中心购买了王端正先生所著《月映千江》一书,读到《谗因疑起,闲乘隙入》一文,内容也是提起"三不"的宏愿……不禁发露忏悔,狠狠地责备自己一番:"打妄语的凡夫!为什么发愿只发在嘴皮上而不身体力行?难道不怕因果?"

我正襟危坐,一次又一次拜读王先生对"三不"详尽的诠释,使我更深刻明白:"三不"应用在日常生活上,是为人处事、修行的良药。

谨以一颗忏悔、惭愧之心,重新立愿:

一、不说是非:"佛说人有二十难",其中一难是"不说是非难"。上人说,凡夫俗子之所以有"是非",是由于心量太狭窄,无法缩小自己,容纳别人。口舌是传达思想的关卡,开口动舌要谨慎,不造口业;况且"是非"一出,必会伤人。爱人是仁者的表现,能爱人如己,就不会说"是非"。

二、不听是非:听到"是非",要能分辨善恶、黑白、对错,持一分定的功夫——不动心。心能定,气能和,就能不存偏见,以真理判断。人谓"谣言止于智者",智者不惑,不惑必能"定",有了"定力"就能不受是非影响。

三、不传是非:人我间的毁谤、赞叹,要视为平常事;昨天的事,今天就要化解,刚才听到的是非,现在就要忘得无影无踪,心念要恒持诚与正。摒弃一己之见,不混淆是非,不以讹传讹,造成人与事之间的不和睦。"不传是非",即是勇者的表现,勇者才能克服"是非"诱惑。

上人教诲弟子:不要空过时光在无所事事的是非与无聊中,虚度人生。人生苦短,真正需要做的事太多了,哪有空闲去惹是生非呢?

"闲人无乐趣,忙人无是非。"如果你、我都有一个忙碌的人生,相信一定没有空闲"说是非、听是非、传是非";如此,人人必能力行"三不"的宏愿了。

(一九九三年三月)

五彩装与忍辱衣

如果把自己当作一块废铁，那么，进入佛门，就是我把自己放进大烘炉中提炼，期待这块废铁能去除杂质，炼成精钢；而在慈济团体中成长，正如烧炼好的钢铁，必须有一只铁锤敲打，所谓打铁需趁热，若及时加以锤打、修整，就能铸成一件精美细致的不锈钢器物，好供人使用。

每个人由于生活背景及成长过程的差异，所以有不同的人生经验和感受，当然也累积了许多世俗习气。所幸慈济帮助我成长。然而，随着岁月的消逝、年龄的增长，我惟恐这些成长的"燃料"化为乌有，所以想乘着记忆犹新时，谈一些往事，和大家分享。

"我"的执著

上人说："看淡自己是般若，看重自己是执著。众生之所以有烦恼，是因为我执太重，以'我'为中心，以'我'为大。"刚踏入慈济时，我相当看重自己，对周遭的事与物，总觉得这也看不对眼,那也瞧不顺意,连同委员身上所穿的蓝色旗袍,我都嫌它颜色太深、领子太紧而不穿。

有一回,一位资深委员静仪师姊说了我一句:"不穿制服,就没有资格当委员。"我一气之下,大声回她一句:"有什么了不起,不当总可以吧!"记得当时还向别人哭诉着静仪师姊的不是,害得静仪师姊难过了一阵子;或许当时还有人怀疑——"是谁把这位大小姐引进慈济?真难以调伏"吧!我不喜欢穿旗袍是有"我"的理由:一、皮肤黑穿深色的衣服,"我"会变得不好看;二、旗袍领子太紧,穿了"我"会不舒服。

以上两点都是"我"字在作祟;这毫无智慧的理由,现在想起来,真是糗事一桩。

最珍贵的宝衣

"团体的美是在于个体的修养,要修养到无我、忘我的境界。如果真心要做慈济的大护法,就该好好地修养自己。"上人的甘露法语滋润了我的心田,为了有资格做慈济的护法,我愿意在慈济大烘炉里,接受千锤百炼;也期待沾满凡夫习气的"我",经过锤打修补的功夫,能去除习气。

如今,打开衣橱,以往我最爱的那些五颜六色的衣裳都已不复存在,十多年来,这件"柔和忍辱衣",已成为我这一生中最珍贵、最有价值的宝衣，虽然，它没有五彩的颜色，亦不会在流行的服饰中争奇斗艳，但是诚如上人所说："它的朴素，衬托出委员庄严的气质，也表现出传统女性的美德，更代表慈济的精神！"

感恩这袭柔和忍辱衣

每当我穿着这件"柔和忍辱衣"走在街上，擦身而过的行人会笑着和我招呼一声："阿弥陀佛！"坐在计程车上，司机先生肯定我是"好人"，而把车资捐做善款。甚至有一次在素食店吃面，有人抢先为我付了钱……

低头望着这袭当年拒穿的慈济制服，我由衷地感恩：我以"您"为荣——"您"象征社会的善美与祥和，"您"让我成为好人。

（一九九三年五月）

慈济的"婆婆妈妈经"

很多人常常怀疑：慈济委员又要收善款，又要当志工，还要参与各项活动，每天忙忙碌碌（非庸庸碌碌），如何才能让家里的人肯定和信服，让你跨出家门，造福人群？

感恩上人的妙法，深入浅出，平易近人，能药到病除，使我们的凡夫习性层层解脱，使原本"随心所欲"的行为，趋于"随心教育"，教育我们"守本分、知退进"，认清自己的角色。

一盆花要插得美，每一枝花各有适当的位置，而且红花还需绿叶相扶持，否则互相争艳，互不相让，将无法插出一盆美轮美奂供人赞赏的花；一如人们的烦恼，往往来自于把自己摆错了位置。在上人明睿的教诲下，我们不断地找寻思索，希望找到最恰当的位置，安置自己。

"犬犬"与"大大"

上人要我们当个好太太，提醒我们不要把"太太"的那一"、"摆错了地方,如果把它搬了家,放在"大"的上面,岂不是变成"犬"了吗?家中有"犬犬"——吠声震天,以为不喋喋不休、不唠唠叨叨的话,先生就不会就范,孩子就不能成器……徒使家里鸡犬不宁,惹人讨厌罢了!还以"一○一忠狗"自居呢!

殊不知有句俚语说:"十竹不疼,十骂不惊。"所以任凭你使出"猛犬"的叫吼,也是适得其反。如能运用智慧,转吼叫声为轻声细语、口吐莲花,必能收"一言为重,千言无用"之效。

除了不把"太太"的"、"搬到上面变成"犬"以外,更不能任意擦掉它,否则"太太"成为"大大",更不得了——自以为是一个不可一世的女强人,在家中时时摆出"哼!谁怕谁呀!"的姿态,膨胀自己,随心所欲,为所欲为,瞧不起先生和他的家人。自己放错了位置,角色扮演错误,使先生对"大大"起畏怯之心,也许会因此去找一位"小小"来代替"大大"的位置,使你失去"太太"的宝座。果真如此,更会恶性循环,一片叫骂抱怨声不绝于耳。

找到自己最恰当的位置

接受上人的教诲之后,太太们乖乖地赶紧把那一"、"搬回到原来的家,守本分、知进退,懂得如何"轻声细语、缩小自己",懂得要"谁比谁更爱谁,更尊重谁",再也不敢"谁怕谁"了。

也因为改变自己,影响别人,使得先生更爱你,公婆更喜欢你,孩子们更敬重你,所以他们才会支持你,让你在慈济道上,顺畅无阻地走下去——奉献微薄之力,服务社会人群。

(一九九三年十二月)

戒指，戒之！

一位年约三十六七岁的妇人，哭哭啼啼地诉说先生发生外遇的情形，愈说愈伤心，身边围着好几位委员，正"闻声救苦"，你一言、我一语地好言相劝。

任凭我们怎么劝导，只听到她不断地重复说："没良心的男人，爱上别的女人，我该怎么办？我……"

身边一个大约七岁的小男孩也含着泪水，无奈地抱住母亲说："妈！不要再哭了，妈……"小男孩索性也跟着妈妈哭成一团。

我内心呐喊着：悲剧的促成，到底该由谁来负责？

戒指的深意

记得读师专时，有一位教授与我们谈到婚姻的问题时说："订婚结婚时，男女双方交换戒指的学问很大。戒指就是'戒之'的意思，所以一戴上对方的戒指，就得坚定自己的意志，戒除四周所有的试探，一心一意与对方携手建立安定的家庭，年老时才有白首偕老、儿孙绕膝的福气。可惜很多人都太介意戒指的价钱和戒指上钻石的大小,反而忽略了戒指本身所代表的真意了。"当时觉得这位教授有点古板,如今想来,他所说的话真是金玉良言。

由于现代男女交游的开放,加上生活富裕安定,所谓"饱暖思淫欲",有些男人明明已有妻室,却偏偏想享受"齐人之福",许多不应该发生的感情,就这样情不自禁地发生了,感情一旦造成伤害,最后难以两全,总是遗憾!

守戒才是真正自由

佛陀即将涅槃的时候,弟子围绕着他请示各种问题,有人问:"您在世的时候,我们以您为师;您涅槃了,我们以谁为师呢?"佛陀回答:"以戒为师。"有人问上人:"要如何才能当慈济委员及慈诚队?"上人回答:"能守十戒。诸恶莫作,众善奉行。"

有人不了解"戒"的精神和意义,一提到"戒",就很不以为然:"何必自我束缚!"其实,守戒才是真正的自由,关在牢狱的人,很多都是犯了"戒"因而失去自由。

有人说:"我又不是佛教徒,又没有受戒,怕什么?"因此为所欲为。其实虽然不受戒,过失亦不能磨灭,一样必须承担后果。守戒的人,好比在高速公路上开车,遵守交通规则，比较安全；人人遵守交通规则，就可避免车祸发生，否则不幸发生连环车祸，害己又伤人，既不尊重自己的生命，也连累了他人，带来遗憾。

心安则能和

望着眼前这位可怜的弃妇和无辜的孩子，我深深感受到这是一件不幸的"连环车祸"，肇事的车主——负心的丈夫，将难逃良心的谴责，但被波及的周遭与家人，也是无奈又无力。如果人人能把当年订婚结婚时，交换戒指的意义终身"戒之"，则诚如上人所言："守戒则能心安，心安则家和，家和则万事兴；如此社会才能祥和。"

守戒，才是治本之道。

（一九九四年二月）

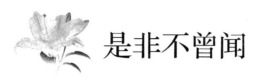

是非不曾闻

我常以当委员要"身体粗勇、气质高尚"(闽南语)自勉。因为有粗壮的身体才能担负起慈济四大志业、六大脚印的重任,要有高尚的气质则须敦促个人品德的修养。我暗自庆幸,在柔和忍辱衣的衬托下,自己还保有几分的气质,也能"身体粗勇"地追随上人,行菩萨道。

"心"的健康检查

但是,在年初,身体发出警报,因疲劳过度、韧带发炎住院后,不敢再心存侥幸,尤其上人慈悲地提醒:"即使是机器,用久了也该检查、保养。"更让我下定决心,抽空回慈院做身体检查。

于是,忙完了三十周年庆后,便抽空到慈院;两天下来,一切检查正常。正窃喜自己做志业将不受身体败坏的影响时,趁着上人行脚到医院,立刻前往,去向上人顶礼。在禀报检查项目只剩眼和耳的功能时,上人轻轻地说了一句:"顺便检查一下，有没有耳孔轻（耳根软）的毛病。"

顿时，我心头一震，是啊！凡夫总是忘了检查自己行为上的毛病，如只注意"体重"，忽略了"业重"，只知道检查"眼明"，而不明白"心明"更重要。

耳聪目明　心亦明

我们羡慕"耳聪目明"的人，但如果耳聪用来听是非，目明用来量人长短，就是误用了感官的功能，造了业也结恶缘；且耳根软常常闻声起"武"，眼盲容易误入歧途，走错路，再回头已百年身。

所以上人要弟子们慈眼视众生、闻声救苦难，并告诫弟子们："要用眼睛'听'、用耳朵'看'——多用心。"达到"耳聪目明心亦明"的境界。

许多人由于不用心，变成一个"小心眼"的人，常常看到不如意事或听到不满意的声音，就忿怒不平，接着，由他人的"声""色"引发而来的痛苦、烦恼等负面情绪便接踵而来。

善听　善看　万善来

有人请示上人：人常为某些是非而争执不休，怎么办？

上人回答："听话要听直接的话，好的捡起来，坏的丢掉。人生有多长？内心存放宝藏的空间有限，为什么不储存好东西？把过去的不如意忘掉，心存善解与感恩。"

当我们心存善解的同时，也能养成"善听""善看"的功夫，并以智慧分辨、以定力克服是非。每个人都先照顾好自己的心，改善自己的声色，使人听了生欢喜，且做事以"和"为贵，则"与人无争则人安，与事无争则事安"。

所以，在做身体检查时，身体各器官健康正常，是可喜的，但也别忘了谨慎地自我检查，是否有"耳孔轻""心不明"的毛病？

让我们共同期许：再看不顺眼的事要"善看"，再不好听的杂音也要"善听"，并以上人的静思语自勉："用宁静的心态，观大地众生相，听大地众生声"，让自己更上一层楼。

（一九九六年七月）

# 化苦为平常

有一次回精舍，巧逢长庚医院魏教授陪同一位任教于美国某著名医学院的犹太裔教授，前来拜会上人，这位犹太教授临走之前讲了一段小故事。

一位犹太僧侣的故事

故事是这样的：在犹太地方，有一位僧侣来到一间修道的处所，院方的规矩是五年之内不能说话。

好不容易五年过去了，院长对这位僧侣说："这五年当中你的表现不错，准许你讲一句话。"这位五年不曾开口的僧侣，居然说了一句："这里的饭很难吃。"院长点点头说："你还可以住下去，五年之后再和我见面。"

终于，第二个五年到了，院长对他说："这五年来，你很守本分，再给你说一句话吧！"僧侣一开口，毫不考虑地说："这里的床太硬了。"院长说："你很坦白，还不错，再继续住五年。"

第三个五年中,他仍然一句话也不能说。时间又过了五年,院长再找他来,问他:"你有什么心得?"修行人回答:"这里工作太辛苦了。"院长说:"嗯!很坦白,再继续住五年。"

时光荏苒,第四个五年他又熬过去了,院长再问他:"你的心里有什么感受?"僧侣淡淡地回答说:"我受不了,要离开这里。"院长依然回答:"很坦白,很不错。"

故事就这样结束了。

化苦为平常　修行才能有成

一位名教授竟然讲了这么简单的故事,令我不解。上人说:"故事简单,意义深远,自己用心体会吧!"

我想,故事中的修行人,开始时一定是抱着很大的希望,愿意接受磨炼,好好修持,也耐得住二十年禁语的戒律,可惜他终究抛不掉凡夫的习气,最后以"我受不了,我要离开!"而放弃修行。

正如上人所说,修行路上,"饭很难吃""床很硬""工作太辛苦"……这一切都是事实,而学佛的人要能吃苦了苦,要能化苦为平常,如此修行必定能有所成就。

以毅力调伏凡夫习气

回想自己这十多年来进入慈济,亦是希望能在人群中磨炼修行，更期待在上人教诲下逐日成长。记得好几年前回精舍时，上人问我："住了这么多天，做了些什么？"我说："简单的工作，我不想做，困难的我又不会做，所以什么都没做。"上人很惋惜地说："可怜啊！可怜。"接着上人又问我："有什么收获吗？"我回答："只知道三餐打板吃饭时间跟得上，早晚打板跟不上（因为早上太早起不来，晚上安板又睡不着）。"上人摇摇头说："凡夫啊！凡夫。"

虽事隔多年，我仍不断地鞭策自己：学佛要有信心、毅力和勇气，要能"吃得苦中苦，方为人上人"；希望自己能转"可怜"为"可爱"，换当年的"凡夫"为未来的菩萨行者。

（一九九四年十二月）

新视界

我当过慈院志工,也参与过访贫和居家关怀,以为自己已看尽人生的生老病死,及无常与无奈的百态。这次到株艺牙佬,参加由慈济菲律宾分会结合马尼拉崇仁医院医护志工组成的"慈济菲律宾分会医疗团"第十次义诊活动时,眼前却涌现前所未见的景象——

五千名扶老携幼甚至长途跋涉前来求诊的病患,看来皮肤黝黑、体形瘦小,有的似乎已被病魔折腾了好一阵子,显得纤弱无力;还有焦虑中的母亲抱着爱儿,尽管孩子在长时间等候下,哭嚎不停,他们还是静静地、耐心地,排队等候着。

阿弥陀佛犹如"天主再现"

在菲国较偏远的地区,有许多人活了大半辈子,从来没有看过医生,不是因为害怕,而是没有能力去支付药品费。正如一位患者告诉我们:"有好天气,才有好收成,否则有一餐没一餐的。"平日糊口已成问题了,若生病了更是雪上加霜;所以他们多任由身上的病症恶化,扛着"病痛"一日挨过一日。

有一位七岁的小女孩,生下来嘴巴就张不开,只能进食流质,导致营养不良,医生初步诊断是下牙床颚骨不正常,须转送马尼拉医院治疗。小女孩家属一听,脸上虽然露出一丝希望,却不安地告诉志工:"我不曾到过大城市。"志工则安慰地告诉他:"别担心,我们会安排。"

午餐时,当我张开嘴,咽下第一口饭时,有种从来没有过的感觉——原来拥有一张会吃东西、会说话的嘴巴,是多么幸福!

还有一位三十岁的母亲和她十四岁的儿子,两人均感染严重的肺病和急性气管炎,身体已虚弱得不能站立,医师看诊后,随即将他们送到邻近的医院住院。

当师父带领我们到医院探望时,那位母亲紧握住师父的手,眼角汩汩流出泪水;该院院长及医护人员也合掌道了声"阿弥陀佛",表达对慈济医疗团到来的感谢;对笃信天主教的菲律宾民众而言,他们犹如"天主再现"!

苦难有尽　温情无穷

在义诊活动中,三十多位"大医王"马不停蹄地为病患开刀、看病,工作量虽是平日在院服务的四倍,仍靠着一股强烈的大爱,度过体力上的挑战;志工则为麻醉昏睡中的病人擦拭呕吐物、拍背、倒水,如同照顾亲人般,也为义诊现场添织了一幅人间美画。

这三天来一幕幕动人的画面,一再地让我亮了视界,也才明白——人间苦难终有到尽头的一天,而温情的流转无穷!

(一九九七年十二月)

自耕福田,自得福缘

艳阳高照的七月天,随着士林区的教师们来到乐生疗养院——一个超越天堂的地方,为的是希望自己再受教育,再一次洗涤内心的烦恼污垢,勤学习,勤精进,行于菩萨道。

公修公得　婆修婆得

眼盲心不盲,心中藏有一座丰富心灵图书馆的宋金缘老菩萨,年近八十,由于行动不便,不能到佛堂和大众分享,我利用午餐时刻去探望她。

我握着她的手轻轻告诉她:"我是静旸。"她不疾不徐地喊我一声:"静旸。"然后对我说:"我知道你很忙,不过,耽误你几分钟的时间,今天我要告诉你一个小故事:有一位老和尚独自走在田埂上,后面来了一个年轻人莽莽撞撞地将他撞倒,跌到水沟里面,正好后面又来了一个年轻人,赶紧把老和尚扶起来,可是这位老和尚却一声不谢,头也不回地只顾向前走,年轻人很生气地趋前问老和尚:'前面推倒你的人，你都没有责备他；后面扶你起来的人，你也不感激他，这是什么意思啊？'老和尚面无表情地对他说：'他是他，你是你，我是我，三个人一点关系都没有。'说完继续走他的路。"

宋老菩萨反问我说："静旸，你听了这故事，有什么感想？"我回答："公修公得，婆修婆得，不要计较得失。"接着她说："你要更努力行菩萨道，多付出，福不唐捐啊！"

宋老菩萨诚诚恳恳的态度、轻安自在的神情，以及这则简短小故事，一直留在我的脑海中，我经常与人分享这份法喜，因为这则小故事，就像漫长溽暑里的一帖清凉剂。

有比较心就会产生计较心

上人教诲我们，凡事要做得无所求，又起欢喜心，产生感恩心，才有功德。故事中的年轻人扶起了老和尚，期待老和尚说声"谢谢"，或说句好话，或有个好表情，当得不到时，便会产生失望或起烦恼心。

老和尚的回答虽简短，但也道出每个人要为自己的行为负责，所谓"祸福无门，唯人自招"。

有人请示上人，为什么人会有计较心？上人回答："因为有比较的心，才会产生计较心。凡事只问耕耘不问收获，去做就对了。"

凡夫如我，在慈济道上十六年，计较、比较的习气还是存在，不仅跟别人计较，还要跟自己的过去比较；不肯低头，就是因为一再回顾过去的成就。这样一路行来，回首走过的岁月，其实，我们只收获自己所播种的！

　　因此，我们要谨记，每个过去的日子都昭示我们：去日苦多，来日渐少；自耕福田，自得福缘，别让心田成为干枯的沙漠，要勤加耕耘。

（一九九五年七月）

点亮心灯

两头鸟的故事

从前,在雪山下,有一只"两头鸟",为了安全,约定轮流睡觉,一头睡着,另一头便醒着。这只两头鸟,虽然共有一个身体,却有不同的思想:一头常做善念,名称迦喽味,另一头常作恶想,叫优波迦喽味。

有一天,在树林里飞翔,轮到优波迦喽味睡觉,忽然从树上飘落一朵香花。醒着的迦喽味心想:"看它睡得那么熟,还是不要叫醒它,反正,只要我吃,它也会饱。"于是,就默默地把那朵香花吃了。

过了一会儿,优波醒来了,觉得腹中饱满,从口中吐出的气息,充满香味,就问迦喽味:"我在睡觉时,你是不是吃了什么香美可口的食物?我怎么觉得身体安稳饱满,感到很舒服。""是的,你睡觉的时候,有一朵香花飘到我的眼前,因为肚子饿,心想,反正我吃和你吃并没有差别,就独自把它吃了。"迦喽味回答。

纷然失心才有是非

优波听了,从内心深处生起瞋恚嫌恨的心,心想:有好东西吃,也不叫醒我,你等着瞧吧!下次吃些坏东西害死你!

过了不久,两头鸟经过一个树林,优波看到林间有一朵毒花,生起一个恶念:"害死你的机会来了。"就对迦喽咪说:"你现在可以睡觉,我醒着,帮你看守。"

等迦喽咪睡了以后,优波一张口就把毒花吃进肚里,没想到它的恨意恶念,不仅毒死对方,自己也一命呜呼了。临死前,优波真是悔恨不已。

这个小故事蕴含着大道理,曾在两年前,于"慈济世界"广播节目中播出,和听众们结缘,带给大家一些启示。回忆当年,跟随柯大姊学习广播节目时,总是努力地汲取一些小故事作为题材,如每期"佛心流泉"中所引述的小故事,都是当时点滴汇集起来的,除了从上人的开示里用心汲取摘录外,也时常拜读林清玄先生的作品,"两头鸟"便是《清凉菩提》其中的一篇,是记载在《佛本行集经》的故事。佛陀讲述这个故事是要告诫弟子,瞋恚心是多么可怕的愚行;所谓"一念瞋心起,百万障门开",对一个修行者而言,不得不"慎之!戒之!"

善恶一念间

"两头鸟"的故事,象征着"善念"与"恶念"就系于刹那间;由于优波心存邪念恶想,逞一时之快,欲毒死迦喽咪,却忘记两个头共用一个身体,毒死对方,自己也活不了。

生活在这个世界上,人人何尝不是在扮演着"两头鸟"的角色?善与恶、梦与醒、觉与迷,好似不同的两出剧本,如果拿错剧本,整部戏就走样了。当善念觉醒的时候,你所扮演的是圣人,是菩萨的角色;当恶念迷梦升起时,贪、瞋、痴三毒即刻将你推入地狱,如同箭速。

上人经常苦口婆心地叮咛弟子:"修行最重要的是时时刻刻保持一分善念,对人对事以善解为要。"并且也常说:"天堂和地狱都是用心和行为去造就的,不要怕天堂和地狱,怕的是心的偏向。"正是"一念善心起,诸事皆吉祥;一念恶心起,种种皆遭殃"的最佳证明。

(一九九一年一月)

效法"常不轻菩萨"

修行不能离开群体,要在人群中结好人缘——未成佛前,先广结善缘。慈济的团体是广结善缘的好地方,时时让我们沐浴在"人人爱我,我爱人人"这份无边无际爱的世界里,生生世世永结法亲。因此,我十分珍惜这份因缘,时时发愿:在慈济菩萨道上,不断地学习、成长、茁壮,做一个"我爱人人,人人爱我"的欢喜菩萨。

对自己有了期许,加上愿力的推动,我更用心去实践上人的教诲:"要有好的人缘,必定要扩大心胸,缩小自己,尊重别人,让人人欢喜,诸佛菩萨即欢喜。"

学佛从缩小自己做起

元月九日,于台北分会,上人又对我们开示。在聆听上人讲述"常不轻菩萨"的故事后,更使我懂得如何看淡自己,应视众生皆是未来佛。

释迦牟尼佛的过去生,是位出家的比丘,名叫"常不轻"，他只要看到人，不管是谁，一定向前恭敬地礼拜，然后对人说："我深深地敬爱你们，不敢有丝毫的轻视，因为你们都行菩萨道，将来都会成佛。"

常不轻菩萨时时刻刻、日日夜夜不断地对众生恭敬礼拜，甚至远远地看见人，也一定跑过去礼拜赞叹。但是，也有看到他的礼拜而生出瞋恨心的人，向前骂他："你这个没有智慧的比丘，自己说不轻视我们，说我们将来会成佛，我们根本不需要这种虚妄的赞叹。"

常不轻菩萨被骂了很多年，心里却一点也不瞋恨，仍然像以前一样热诚地对人礼拜和赞叹。

就这样一直到他临终时，在空中听见威音王佛说《法华经》，得到六根清净。释迦牟尼佛成佛后，广为四众说《法华经》，从前骂他、打他的人，都来皈依他的座下，成为他的弟子。

把"我"拿掉

我们凡夫，起心动念没有一刻离开"我"，凡事以"我"为中心，把自己看得太重，自认"我"说得比你有理，"我"做得比你出色，当自我过度膨胀时，把"我"摆在第一位，于是贡高、骄慢，引来诸多恶缘，行在菩萨道上，当然就阻碍重重、举步艰难了。

如果套一句粗俗的比喻，把"常不轻菩萨"当作是一只"打不死的蟑螂"的话，那么，让我们思维一番，蟑螂本身十分卑微，没有什么了不起，却也有着"打不死"——即永不退转的菩萨本质；如此，我们从内心深处，发起一分共鸣："众生皆是未来佛，我不敢丝毫轻视你们，我深深地敬爱你们。"

又是新的一年，新年带来无限的新希望，且让"常不轻菩萨"展现的谦恭风貌，作为我们学习的典范。

（一九九二年一月）

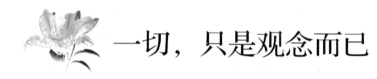一切,只是观念而已

春节过后,春雨绵绵,一位在士林夜市摆地摊做生意的会员,向我埋怨说:"天冷又下雨,生意真差,心烦极了。"于是我告诉他一则小故事——

"爱哭婆"的烦恼

有一位爱哭的婆婆,每天都以泪洗面。

原来,她有两个女儿,大女儿嫁给晒面条的,二女儿嫁给卖伞的。天气晴朗时,她担心卖伞的二女儿生意不好,所以难过得掉眼泪;下雨天时,她又担心大女儿的面条无法晒干……

无论天晴或下雨,她都伤心,因此大家就称她为"哭婆"。

有一天,禅师问哭婆:"你为什么天天哭呢?"哭婆解释,是为了两个女儿的生计操心,所以每天都过得痛苦不堪。

禅师告诉她:"你应该感到高兴才对啊!"哭婆大惑不解

地问道:"为什么?"

禅师说:"因为当天晴的时候,大女儿的面条可以晒干;天雨时,二女儿的伞会有生意。所以不管天晴或下雨,两个女儿都有钱赚,这样不是很令人高兴吗?"

哭婆听了这番话幡然醒悟,从此以后,每天都笑呵呵地,哭婆变成了笑婆。

一切 只是观念而已

"哭"和"笑",仅在一念之间,端看你是否能用心转境。

上人曾说:"'笑'是一种表情,'哭'也是一种表情,不同的是当你笑的时候,全世界的人都跟着你笑;当你哭的时候,却只能自己承担,因为没有人愿意和你一起哭。"

上人要我们永远保有一颗"善解"的心,所以我告诉那位会员:"你经年累月为生活奔波劳累,免不了忽略家中妻小,何不趁这几天下雨天冷,在家中多和孩子聚聚,享享天伦之乐,等天晴了再出发!不要自怨自艾,要多多自我祝福。"

"善解"是良方

去年,先生从大陆出差回来,孩子也从美国返台定居,家人团聚,本应其乐融融,怎知却因每个人习性不同,又离开多年，因此时有"父子不和""母子不和"或"三人小争吵"的画面出现。

起初，让我觉得颇为困扰，但是想到十六年的慈济行及上人的教诲，我逐渐运用智慧化解生活中不顺遂的点点滴滴。

一念心的转变，让我们相处得更融洽、更和谐。这使我想起一则寓言：

有两棵树，一棵每天苦着脸抱怨说："唉！要长多久才能跟天一样高？"另一棵树则天天欢欢喜喜地说："哇！我越长越高，离地面愈来愈远了。"

所以说，错在哪里？怨在哪里？一切只是观念而已！

（一九九五年三月）

福人居福地

最近一个月来，社会上接连发生一些因信仰引发的纠纷：有的假借神迹敛财，更甚者不但骗财还骗色。

在这个高知识水准且传播发达的年代，为什么还有那么多人受骗呢？说穿了，就是因神通幻象而迷，被怪力乱神所惑，而迷失了心性。

迷信不如不信

数日前，接到一位女士的电话，她曾生了一场病，经娘家妈妈求神卜卦后，说是二十多年前她往生的妹妹吵着要嫁姊夫——也就是这位女士的先生。丈夫因疼惜太太，同意娶小姨子的神位回家。不料娶了神位之后，不但太太的病情不见好转，而他也得了糖尿病；先生心有不甘，整日责怪神位未善尽庇佑之责。最后夫妻落得离婚收场。

还有一位做服装的女士，因为生意不好，听信地理师的建议"改大门"转运。在改门期间，顾客陆续流失，改门、改门，改到最后竟然——关门了。

重心理不要重地理

上人说："迷信不如不信。"更明确教育弟子："正信的宗教在于心正，心正则气盛，气盛则邪不侵。迷信者常疑神疑鬼，若招神惹鬼则苦中带迷，迷中无法自主；所以信必须智信，不可捕风捉影。"

十多年前我刚买了天母的房子，尚未迁入，一位懂得堪舆的朋友自告奋勇为我看风水，不料这位带着罗盘前来的朋友，进门第一句话竟是大呼"凶宅""凶宅"，接着又要我触摸墙壁，看是否有"刺刺"的感觉。听他连声的"凶宅"，不要说是手，我连心都发麻了，还好当时我已投入慈济，及时想到上人所说的："重心理不要重地理"，极力保持镇定。朋友又说："若要化凶宅为吉地，改大门就对了！"

我立刻回答："不行，我是慈济委员，绝不迷信。"

对方见我不为所动，最后竟说："门若不改，搬家当天一定会死人。"此一断言非同小可，我心里难免犯嘀咕，但终究在"不迷信"的坚持下，还是选了一个晴朗的日子搬家。搬完家当天顺手打开黄历本，上面竟然写着：凶，不宜迁徙。

自种福缘　自得福果

　　搬到天母至今已十二年了,不但全家人平安顺利,到过我家的人都赞美房子光线好、通风佳……

　　由此,我印证了福人居福地,"日日心善""日日行善"就是有福的人,则所居之处无不吉祥!

(一九九六年十一月)

丝绒与牛仔布

记得四五年前的农历春节期间,我穿了一套丝绒衣裙回花莲向上人拜年,当时上人正在慈院开会,于是我坐在另一处的沙发椅等待,直到会议结束,才追随上人回精舍。

丝绒娇贵细致　容易"倒毛"

在客厅里,大众围绕着上人听法,我也端端正正地站在一旁,忽然,上人看看我,又看看藤椅,问我:"可以坐吗?"上人问话敏利,我一时哑口无言,心想:上人问话,弟子不答是失礼的态度,于是赶紧恭敬回上人的话:"刚才在慈院就是坐着的。""那是沙发。"上人说。当时,我摸摸头、眨眨眼,不太明白,心想:上人这八个字,其中必有"缘故"。

回到台北,脑海中一直浮现上人说的八个字——"可以坐吗?""那是沙发。"经过多日,仍然百思不解上人话中的涵义。于是打长途电话向静淇师姊讨教,她是慈济圈内大家公认的智慧第一。经我"如是我闻"描述一番后,两人终于解开了谜底。

原来,穿丝绒要看场合,喜宴庆典穿着较合宜,因其质料娇贵细致,适合坐在"沙发"上;而坐在硬的藤椅,则容易"倒毛",失去光泽——就如同出身显赫的太太小姐,养尊处优,常常被人捧得高高在上,稍微吃些苦、受点挫折,就受不了而一蹶不振,岂不是像穿着丝绒坐在硬的藤椅上,因"倒毛"而失去光泽吗?

平凡粗布　平易近人

于是我和静淇师姊得意洋洋地做了结论:粗布是极为平凡的布料,上人说:"平凡则平稳",粗布平易近人,而且人人买得起,人人穿得起。上人是启示我们不要当丝绒,期许我们"修行"要能把自己当粗布使用。

下一次回精舍,我改穿一套粗布做的衣裙,顶礼上人后,迫不及待地向上人揭开谜底:"上人,我知道您期许我们修行能当粗布,不要当丝绒,是吗?"上人微笑地说:"当'粗布'还不够,要当'牛仔布'才耐磨呀!"

牛仔布!岂不是更上一层楼吗?当时,我眼睛一亮,像个如获至宝的孩子般,拍手说:"太妙了,太妙了!"

修行路上　要能"耐磨"

　　丝绒、粗布、牛仔布，三种同样可供人穿着的布料，只是质料不同，就有不同的特性——丝绒有如在安逸顺境中温室里的兰花；粗布有如路边的小草，任凭风吹雨打都不怕；牛仔布则耐穿、耐磨、耐洗、耐刷……有着无比的耐力，象征着寒冬冰雪中绽开的梅花。

　　修行路是难行能行、难忍能忍，欲穷千里目，当要更上一层楼；我们必须抱着牛仔布的精神，在艰难坎坷的人生道上，克服逆境的冲击，磨炼出一分毅力、信心和勇气。

（一九九四年六月）

失心招领

革命家巴契年轻时致力于改变世界，进入中年才发现并没有人因他而改变，因此改变祷词说："神啊！请赐给我力量，去改变所有周遭的人。"等到垂垂老矣，他的祷词只说："神啊！请赐给我力量，让我改变自己啊！"

人，常想改变别人，改变世界，却总忽略了改变自己。

驾驭习气

每个人都有习气。习气最初如客人，只是偶尔登门拜访，后来如密友似的，最后成了统治者，时时驾驭着我们；要赶走习气，除需具足勇气毅力，更要有自我解剖和自我调适的能力，具备接受批评的雅量。

回想过去的自己，最难容忍他人的批评，每遇批评必引来怒火中烧，甚至当场发作，不仅造成自我伤害，更让别人不敢接近，而在我身上贴上一张张"翻脸如翻书"的标签。

所幸，在慈济团体中"借事炼心"，学习着去包容一切；所谓"有容乃大"，渐渐地，自己也培养出"翻书不翻脸"的习惯，学得了些许禅定功夫。

反求诸己

上人以"反求诸己"教化弟子，先照顾好自己的心，点燃自己的心灯，再去引发他人，因为能先爱自己的人，才能得人爱。

有一次，上人严厉地对我说："你的缺点为什么老是改不掉？"

我回答："上人，我已经在改了！为什么老是要我改？难道别人不需要改吗？"

"要成佛的人就要改，想做凡夫的人就不必改。"上人接着说："要改就马上改。慢慢改，不如不改。"就因为这几句话，加强了我改变自己的决心。

寻回迷心

我曾经在茶会上讲完"无籽西瓜"的故事后，接到一位听众递来的纸条，上面写着：听完故事深深体会到，凡事从我做起，从现在做起，人人都像我，世界更美好。

许多人遗失了物品，都知道要"失物招领"，但迷失了本性，却不知要"失心招领"。

　　此际，社会正响起一片心灵改革声，就让我们一起来检视自己的心是否走失已久，并尽快寻回吧！

（一九九七年七月）

简　单

那天，双手接过上人赠送的"想师豆"，里头写着"简单"两个字，不禁会心一笑——这正是我当初踏入慈济的一念单纯心啊！

这也让我想起了印度的一个古老传说——

宝藏不在嘴上

有一群聪明人，要去挖掘宝藏，根据推论，宝藏应该埋在山顶上，至于在山上的什么地方，则引起一番争论。

正当议论纷纷，一个农夫路过，好奇地停下来听他们的谈话；这个单纯的农夫不甚明了聪明人的争执缘由，只听懂似乎在某个地方埋着巨大的宝藏。于是就默默跟在队伍的后面。

聪明人走入无尽的山头，不管到任何一处，都在争论，从未动手掘土。单纯的农夫却一言不发，往那些聪明人争论过的地方，努力地挖掘下去，一天一天地掘，终于找到了一大座宝藏。

起而行

慈济的工作就和这段古老的传说所印证的道理一样：讲得再多，不去力行也是枉然！

有人告诉上人："道理我都知道，只是做不到。"上人回答："知道而做不到，是'道'未到，要快修。"所谓"道"就是路，路，是靠自己走出来的。

有次有人送来一个地球仪，上人指着上面的地图对我们说："现在你们都是脚踏实地行走在地球上的每个角落，各地风光亦一览无遗。"

当下，我深深体会到：慈济是"起而行"，不是"坐而言"的团体；慈济以有形的志业，显现佛教的真理，在学佛的路上能事理圆融，从探讨外界的风光，再深入内心风光，而能知行合一。

简单法则

上人是一位指路者，因为对路很熟，画一张简图，告诉我们如何走，很快就能到达目的地。没有信心的人，对于这张简图，也许会存疑、犹豫，但是地图若太复杂，令人看不懂，可能反倒使人迷路。

其实，上人的法都是透彻佛理教义后，经过身体力行的印证，我们只要用简单的心持守，如此一路走去，不但安全，且必能会通道理。而我，也将终生奉行这"简单法则"。

（一九九七年十一月）

国王的新衣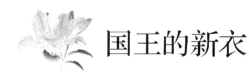

西方有一则童话故事《国王的新衣》——

有一个骗子向国王说他能做出全世界最美丽的衣裳，等到展示那天，他拿着一件无形的"衣裳"，有模有样地告诉国王和文武百官："只有品德高尚、有智慧的人，才看得见这件新衣，卑微的人就看不到。"弄得每个人都装作看得见的样子，还口口声声赞美说："这件衣服真华丽！"

最后，一个天真无邪的孩子终于忍不住大声喊说："为什么国王身上没有穿衣服呢？"

这时候，才揭破了人们虚伪的面孔。

人云亦云非真知

以前当老师时，曾经和学生分享过这个故事，有一位学生说："因为国王太爱显摆，骗子才会上门来骗；贵为一国君王，享有荣华富贵，却因贪恋一件新衣而轻易听信骗子，披上'新衣裳'。原本风光的游行，最后落得被人'看光光'而抱头鼠窜，国王的尊严也大大受损。"

学生的这些话，至今仍令我时时警惕。

孔子说："知之为知之，不知为不知，是知也。"若把故事中的骗子比喻为导演，国王是主角，而在街道两旁观看、拍手叫好的众人，正是世间的芸芸众生——人云亦云，明明看不到国王的新衣，又怕被人识破欠缺品德，只好啧啧称奇。其实，这都不是真知的表现啊！

打开心眼得真相

上人曾说："光用眼睛看，而心眼不开的人，一定糊里糊涂。"当我们迷恋于某一件事或人，良心往往会被蒙蔽，只看到美好的一面，而不愿去承认错误。

俗话说："瞒得了一时，瞒不了一世。"做人做事要踏实，不要因爱面子，而将错就错，自欺欺人。不管对人、对事、对物，用良心看待，就能得到真实。

《国王的新衣》故事的最后，是一个天真无邪的孩子终于喊出真相；希望在现实生活中，你我也都能当这位看到真相的孩子。

（一九九七年十月）

如是我"行"

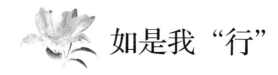

上人时时刻刻殷勤地叮咛我们:"多做多得,少做多失;做就对了!"

付出才是"富有"人生

在上人的教诲下,慈济人身体力行、专心一意投入慈济四大志业、六大脚印[注]的行列中,无论是探访照顾户、参与国际赈灾,或是举行捐髓验血活动等,在深入人间疾苦的同时,也开启了大家的慧心——从人间苦难中,感受生命的无常,进一步发大心,立大愿,追求永恒的慧命。

唯有肯付出的人,才是有福的人,也才能享有"富有"的人生,每次委员聚会时,都能分享到每个人心灵最富有的一面,慈济人"富有"什么呢?富有爱心、感情和智慧。

[注] 慈济人对于四大志业不遗余力,随着全球化社会变迁与环境需求,慈济再积极推动"国际赈灾",宣扬"骨髓捐赠",启动"社区志工",推行"环境保护",即为今日慈济人之"四大志业,八大脚印"。

自称不会拿小笔,但会拿大笔(扫帚)做环保工作的秀梅师姊,多年来在自家附近卖红豆饼,做路边生意,为了襄赞慈济志业建设基金,曾经发心卖三个月的红豆饼;而为了躲警察,只得将摊位移到巷子里面,然后在巷口立个牌子:"红豆饼从这里入五公尺处",想不到,生意出奇的好,三个月共捐出十多万,每天做得又忙又快乐。

她不曾间断行善,去年出任委员时,同时圆满荣誉董事的大愿,她说:"这是身为'路边董事长'的一分荣誉。"

舍世间财得功德财

另一位静宜师姊和她的师兄同行慈济菩萨道。有一次,婆婆卖掉市场的摊位,欲将卖得的钱给他们夫妻,夫妻俩力劝妈妈将钱捐出来。她妈妈希望她早生贵子,静宜师姊说:"妈妈,慈济是一畦福田,您赶快帮我种福吧!说不定我会生一个福子喔!"她的孝心感动了婆婆,婆婆决定将世间财化为功德财,为全家人造福也为社会造福。

三月份上人北上行脚时,也告诉我们一则感人的真人实事:一位八十七岁住在广慈博爱院的老菩萨,数年来每天凌晨三点起床,为院内老人一一装灌热开水,任由别人给予二十元、五十元不等的小费。最近他将累积多年的善款交给上人,并对上人说:"我这么做,全是为了要帮您救苦难的人。"

勿以善小而不为

上人语重心长地说："这么辛苦得来的钱,我能不用心去运用吗?这么诚意布施给我的钱,我能不感恩吗?"上人以此老菩萨的善行,勉励大家："你们还不老,身体也不坏,要做才有福;佛陀八十岁时都还讲经说法到最后一口气,希望大家把握因缘,用心做,尽力做,莫以善小而不为,更莫贪积财而不施。"

在实践力行的慈济世界里,聚集了无数勇猛精进的菩萨,他们无时无刻不在"如是我行"当中,教化了不少人,同时,也成就了自己。

(一九九五年四月)

忙碌法门

暑假来临了,精舍上上下下又是一片忙碌的景象。

菩萨云来集

暑假中,有委员的"精进佛一",有老师的"教师学佛营"等一连串的精进活动……为了让大家专心修行,精舍的新教室正赶工装潢。暑假,更有许多不同的营队,在护专设立营区,如儿童学佛营、高中亲子营、大专学佛营……每天陆续回精舍寻根;也有不少海内外有缘人,成群结队回来寻宝……精舍人来人往,仿佛是一幅"云来集菩萨"的图画。

为了使所有的活动能办得尽善尽美,担任指导的常住师父们,无不战战兢兢、如履薄冰地,为设计课程、编排教材、选定适当的辅导爸爸或妈妈、邀请讲师、营区布置、事前的模拟和演练等,费尽心思,全力以赴。大家忙得不亦乐乎,更忙得欢喜自在。

忙出人生的活水

记得有人问上人："慈济到底是修什么法门？"上人幽默回答："忙碌法门。"一点也不错，只要有慈济人的地方，就有忙碌的足迹，大家为"济贫""教富"而忙；为尊重生命、拯救生命而忙；为推动四大志业而忙……一连串的忙碌，忙出了人生的活水——利人利己，自度度人。这和一般人庸碌一生，最后却忙得茫茫然、不知其所以然，相距甚大。

上人说："闲人无乐趣，忙人无是非。"世间有许多人每天总是匆匆忙忙——忙着应酬、打牌，忙着观光旅游……为了个己的需要而忙忙碌碌，往往心胸难以开阔，甚至有人沉醉于温柔乡中不能自拔。

我想，他们在饱乐之后，接踵而来的是疲倦与空虚，于是又把宝贵的光阴空抛在无所事事的是非无聊中，而无法触及宇宙真正善良可贵的人性。这样的人生是痛苦而毫无乐趣的。

用毅力安排人生时间

慈济的工作是奉献自己，利益人群，从付出中得到欢喜；心生欢喜就能把烦恼抛弃，抛弃了烦恼，即产生智慧。同样的忙碌，却忙出不同的价值，也让人更加深刻体会"忙人无是非"的含义。

上人教育我们："用智慧探讨人生真义，用毅力安排人生时间。"因此我们穷我们的智慧，去探讨人生；凭我们的毅力，去把握短暂的生命。惟有远离是非之地，不把生命浪费在人我是非中，才有更多的时间和空间投入慈济工作。

慈济人的忙碌法门是——人人脚踏实地，身体力行，尽一己之力，广结众生缘，勤植福田。慈济人的忙碌，使人人能清清楚楚、分分明明地体会人生的真义，忙出"忙人无是非""人忙心不盲"的境界，这正是智慧的发挥。

感恩上人赐给慈济人"忙碌法门"，让我们在学佛道上福慧双修，有个丰收的人生。

（一九九四年七月）

一盏小小的油灯

记得有一则寓言是这样的:有一位老伯伯,提了一盏小小的油灯,这盏小油灯对老伯伯说:"阿伯啊!我的灯光如此微弱,你提着我有什么用处?"

老伯伯慈祥地对小油灯说:"没有关系,没有关系,虽然仅是微弱的灯光,只要你能尽全力放出光明就行了。"

灯火相传以启光明

说完,老伯伯仍旧提着这盏小油灯继续往前走,走到码头的一座灯塔下,然后再一阶梯一阶梯地往上爬。当老伯伯爬到灯塔上面时,便利用这盏小油灯放出的微弱灯火,点燃这座灯塔的灯火,瞬间,灯塔大放光明!让航行在黑暗中的船只,能依着灯火找到目标,安全地抵达目的地靠岸。

三宝歌言:"人天长夜,宇宙黯暗,谁启以光明?"苦海茫茫,众生有如在黑暗长夜中盲目摸索,不知何去何从。

踏入慈济,皈依上人座下,我才恍然大悟——原来人人本具一分纯真洁净的爱心善念，只因凡夫长久以来受欲念魔障蔽，心念被污染而愚黯昏昧，迷失自在。

感恩上人在我茫然不知所从时，点燃我的心灯，唤回清净的本性。

烛灯有形　心灯无形

每年岁末，上人总会为无数的慈济人点"心灯"。当会场灯光熄灭，呈现在眼前唯一的一盏灯光——是上人手中的烛光；每个人双手捧着蜡烛，长跪上人面前，静待上人点传象征光明希望的烛火。

上人开示："烛灯有形，心灯无形，希望人人点燃心灯后，不仅照亮自己，也能照亮黑暗中苦难的人。"同时，上人更祝福普天下苍生能离苦得乐。

耳中听到阵阵"传心灯""只牵你的手"的歌声，此时此刻，分不清是忏悔，还是满足。只知道自己已泪流满面，内心呐喊着："上人！感恩您点燃我的心灯，让我迷途知返，让我倦鸟归巢，让我心灵有个温暖的家，有慈母的呵护……"

燃烧自己　照亮别人

静宥师姊曾经分享过传心灯过程中给她的感受："点心灯时，大家为了怕点不亮，或担心点亮了又熄灭，所以手中的蜡烛在来回几次捏握之后，都变形了；看到变形的蜡烛，如同看到上人——日日月月燃烧自己，照亮别人。"

　　上人不轻忽任何一个众生，不舍弃任何一个众生，即使是微不足道的光芒，也期待它能绽放光明；即使是流转生死六道轮回中的众生，上人也是年复一年、日复一日期盼他们的心灯能延续不已、遍照寰宇——正如前面的小故事中，一盏小油灯塔只要持续点燃，就能点燃灯塔火花，大放光明，带给世间无限的希望和祥和。

（一九九五年二月）

肆

绽放生命

无籽西瓜的故事（上）

忆起当年（一九七九年），刚踏入慈济担任委员的时候，上人总是叮咛我："先理好家务事，做个好太太；让先生欢喜，师父就欢喜。"于是我努力学习做个好太太，让先生高兴。后来印证了"让众生欢喜，佛就欢喜"的道理，我也渐渐学会改变自己，恒顺众人。"恒顺"必先从身边的人做起，否则本末倒置，学佛的道路上恐难顺畅无阻。

恒顺众生去障碍

当了委员后的我，除了理好家庭、做个好太太外，就每天忙于撒播爱的种苗给亲朋好友们，每三个月还跟随组长——三师姊（胡玉珠委员），从事访贫救难的工作。当时，家中最大的改变是每天电话声不绝于耳，往昔对外子不满的哭诉声不见了，取而代之的是身做慈济、口说慈济、心想慈济。

最初，外子认为我个性懒散、不专精，做事一向有头无尾;如今,热衷于慈济工作,想必只有三分钟热度,可能三两下就冷却不想做了,也就任由我去。没料到经过一年多光景,瞧我越做越起劲、欲罢不能的趋势,而略有微词了,说我"吃自家的米,做别人的事"……诸如此类的话,而多加阻挠。我内心委实不服——活了四十多岁,正庆幸自己找到路的时候,竟然遭到外子反对!这时,上人的法语回荡在耳际:"你要更顺从他啊!"上人又说:"天下无难事,只怕有心人;别人的阻碍不算什么,怕的是自己障碍自己。"不错,我怀有一颗真诚恳切的心,追随上人,"我愿尽此一报身,奉献给慈济",我默默许下了愿,学着"更顺从他"了。

凡间西瓜与天堂西瓜

让我叙述一段小插曲,也许能博君一粲,或许"顺从"的工夫由此磨练而来:婆婆是一位侍奉丈夫体贴入微的日籍太太,每次端给公公吃的西瓜,会去除西瓜籽且切得美观又可口的样子。每次外子见了,总拉着我到一旁,轻声对我说:"我好羡慕爸爸吃的无籽西瓜啊!"我便大声吼他:"先生!请你眼睛睁大些,我们是在凡间,不是在天堂,我是凡人,不是仙女;不要忘记,凡间的西瓜是有籽的。"外子只好认命。我要他明白:自己娶的是凡间的凡人,命中注定只能吃凡间的西瓜。

踏入慈济后，上人时时提醒弟子要"恒顺众生"，"恒顺"能令人起欢喜心，结善缘。

又是西瓜成熟时，我把西瓜切好一块块放在水果盘里，"举案齐眉"来到外子面前，"请用西瓜吧！"外子眼前一亮，笑着说："太太！我这儿是凡间不是天堂，我是凡人，不是圣人；凡间的西瓜为何变为无籽西瓜了？"

"先生！你有所不知，我已经踏入慈济，上人教诲我们学做一个有求必应的人间菩萨，把不可能的化为可能，西瓜当然也能成为无籽西瓜。"

外子喜形于色，说道："那么，你什么时候再到花莲去接受师父的调教呢？"看着他满心欢喜地吃完这盘无籽西瓜，使我深深体会到"恒顺众生"的可贵，以及"让众生欢喜，佛就欢喜"的真谛。

（一九九〇年十二月）

无籽西瓜的故事(中)

踏入慈济之后,文化志业中心将委员们应邀在各种联谊会现身说法的内容,制成《渡》的录音带,广为流传,深受会员喜爱。其中自己亲身经历讲说的《无籽西瓜》和《浴佛的故事》,也幸运地被编入,内心万分感激;师姊和师兄对我十分厚爱,也常常请购与人结缘。所以我时时警惕自己务必言而有信,说到做到,不能空口说白话,辜负了大家对我的期望;因此,我立定决心要努力学习做人,精进再精进。

也因为《渡》的录音带流传甚广,有一天,纪先生的同事对他说:"听了你太太的录音带,知道你真有福,可以吃到'无籽西瓜',真叫人羡慕。"

拿到剧本演好戏

当天先生下了班,一进门,声色很不好地对我说:"你的'无籽西瓜'在外面很畅销,可是最近家中竟连西瓜影子都没了,好像说的比做的响亮!"其实,这些日子在忙着浴佛(侍奉公公），忙着做好媳妇；虽然有好几次买西瓜回来，切开之后，发现"西瓜籽儿"那么多，只好自个儿吃掉它，以其他水果代替更省事。

今天，先生抗议，我心中有些恼羞成怒，觉得他不能体贴和包容，又爱挑剔；凡夫心现前，真想回嘴。心念一转，赶紧提醒自己：不要拿错剧本演错戏，否则剧情就会出差错；更何况目前和一对堂上活佛公婆同住，怕学分未修好，又遭记过。更担心先生一句"你的师父怎么教的？"当头压来，只好直说："对不起！对不起！马上去买西瓜回来！"用过丰富的晚餐，送上一盘切好的"无籽西瓜"，先生吃得眉开眼笑。

佛与拧

是日已过，熄灯就寝，忽然心中又升起无明，觉得先生得寸进尺；我已经改变多多，他还不满意，越想越不甘心——"起来报复吧！"说时迟，那时快，才一起身，还没跨步出去就被床边的椅子绊倒，摔得四脚朝天不打紧，还疼得爬不起来；当时躺在地上，恍然大悟：善有善报，恶有恶报，不是不报，还是"限时报"（不必贴邮票）。打开灯，看看时钟已是深夜十二点，内心既惭愧又感恩。惭愧的是自己都照顾不了自己的心，原本打算趁先生睡着之后，用力打开衣橱吵醒他，或捻亮电灯刺激他，然后骂他两句称了我的心再走开；感恩的是我的护法神,三更半夜还是那么尽责,我心起恶念,就让我摔了一跤,保住我的身、口未造业。

次日起床,左脚痛得走路一跛一拐,我自己对先生承认昨夜"限时报"的因果,先生笑我:"拿起麦克风,句句都是佛、佛、佛;放下麦克风,却要跟我抟、抟、抟(读音同佛,但境界行为完全不同)。"

一星期后回到花莲,上人看我走路有异,问我为什么。我承认错误,撩起脚踝一片淤青,上人非但不怜惜半分,还严厉地教训我:"凡事要能说到做到,否则罪加一等,这一摔还是轻轻地教训你。"

这些日子以来,我每天都买西瓜回家,每次在剔掉西瓜籽儿的时候,我都感觉到好像在抠掉自己心中的贪、瞋、痴似的。人的本性原是纤尘不染,是被无明、烦恼所蒙蔽;当你尚有一丝丝的无明、烦恼时,也就是一粒粒黑色的西瓜籽尚未剔尽的时候,不是吗?

(一九九一年六月)

无籽西瓜的故事（下）

又是西瓜成熟时。如今我买回西瓜，都会按照往常一样，耐心地抠除一颗颗黑色的西瓜籽，让它们成为一盘非常方便食用的"无籽西瓜"。抱着供养未来佛的心，很诚恳地送到先生面前。

欢喜就是功德

有一天，先生问我一个很有意思的问题。

他说："这辈子你这样用心对待我，让我吃到'无籽西瓜'，是不是下辈子我也要还你这份人情？用'无籽西瓜'来回报你？"

这时候，我的脑海里浮现出上人的教诲："未成佛道，先结人缘"，"欢喜做，就是功德"。立刻面带微笑回答他："这辈子有缘和你生活在一起，我用欢喜、恭敬的心对待你，和你结个好缘，我怎会要求你回报呢？而且下辈子，我还要出生在慈济世界；那时候，你当然就是我的大护法，继续护持我行慈济菩萨道。"

他听了之后，会意地莞尔一笑。

想想去年因为服侍病中的公公，对先生难免疏于照应，有一天，先生在言谈中，不自觉地流露出他的不满。当时，我觉得自己受委屈了；一念瞋心起，蒙蔽了我的理智。

等到半夜，本想用力翻箱倒柜地把他吵醒，以示抗议。没料到，我的护法神很尽责，不忍心让我造罪作恶，就在刚刚下床时，一个没踏稳，竟然让我摔了跤，到现在还有一只脚未复原呢。

这件事情给我一个很大的启示：上天时常教导我们，福慧要双修平行。如果我欢喜对待先生，得到的是一分善缘，一分福报。但是我瞋心一起，智慧消失了，"福慧两足尊"顿时失去一"足"，这个教训多么值得警惕！

每当我在抠西瓜籽的时候，总想：我们的心里，也布满了一颗颗黑色的污点——那就是无明所造成的贪、瞋、痴、慢、疑诸毒。

西瓜籽可以轻易地抠除掉，心中的无明却是层层叠叠，覆盖着原本清净的本性。这时候，我们需要非常用心地勤加拂拭，才能让清净的智慧现前。

当我们吃水果的时候，不管是葡萄、荔枝、苹果、梨子，我们都要把它们的籽吐出来，因为这些籽吃到肚子里，会伤了肠胃。

人与人相处时，一不小心不好听的话就会脱口而出；言者无心，却是听者有意，无意间，这些话就会伤了人与人之间的和气。我们要随时警惕自己，不要做那黑黑的籽，不但障碍人家的眼睛，同时也阻挡了自己的路。

永保心地的洁净

身为慈济委员，常常要为别人解开心结，就如同为他们抠除心中的黑点一般。上人常常告诫我们，要学海绵一样，看到脏污的地方，我们用海绵擦拭一下，它很快就恢复干净了；而这块海绵只要用水轻轻地冲一下，脏污很快就被冲洗掉了。能够涤净我们心中尘垢的清水，正是上人给我们的甘露法雨。

去年底，公公往生了。我的先生很有"觉悟"地对我说："爸爸走了，我不仅失去了他，大概连我太太也不属于我所有了——因为她一定全心全力投入慈济的工作。"我非常感恩他那么地体谅我。同时，更期许自己，要时时清除心中的贪、瞋、痴、慢、疑诸毒，就如同抠除了西瓜的黑籽一样，让心地呈现出一片洁净光明。

（一九九二年六月）

浴佛的故事(上)

人人都知道,西方极乐世界有一尊阿弥陀佛,东方琉璃世界有一尊药师佛,而每个人的家中都有两尊活佛——父母或公婆。上人时时教诲弟子说:"供养父母当如堂上活佛。"

在"媳妇"的职守上,我已经虚掷十年的光阴,如今,我很庆幸我的公婆尚健在,更感恩上人的谆谆教诲,使我懂得如何降伏我慢心,如何尽本分孝敬我的堂上活佛,目前我正努力于补修"孝敬公婆"的学分。

回忆当年公公退休之后,从台南举家搬来台北和我们同住,为人媳妇本应侍公婆以"孝",侍妯娌以"诚",奈何当时尚未踏进慈济,和夫家的人相处,总是缺乏一分敬重谦和的态度。时时说不该说的话,发不该发的脾气,不好的"声"与"色",使我成为一个不受欢迎的人。

炒米粉之争

我的公公早年留学东京帝国大学,婆婆是位温顺贤淑、富传统美德的日本女性，不但家务事做得勤快伶俐，更能烧得一手好菜。记得有一次，婆婆教我"炒米粉"，要先放香菇爆香，再放红萝卜炒软，然后……可是向来大而化之的我，不能体会个中学问，竟把所有的作料全部放下锅，炒好一盘米粉上桌，遭到丈夫批评说："妈妈炒的米粉色香味俱全，比你的好吃多了！"引起我的不悦，脱口顶撞一句："你母亲多会炒米粉？还不是把你们全家都养得矮嘟嘟的！"轻轻一句不该说的话，重重地压到所有人的心上；先生一言不发放下碗筷离去，而我的公婆觉得我难以相处，也就此搬出去住。

亡羊补牢犹未晚也

踏入慈济之后，听到上人说："心地再好，嘴巴不好，脾气不好的人，也不能算是好人。"而一句"父母是堂上活佛，要恭敬孝顺，好好供养；否则做再多好事，未能曲尽孝道，也不能算是善人"，一语惊醒梦中人，我终于领悟到"百善孝为先"的至理。但十二年前顶撞公婆，老人家已经搬出去，现在他们愿意重新认我这个媳妇吗？

当公婆日渐年迈，内心委实不忍两老独居在外，去年，公公因患糖尿病、高血压，不幸中风，不良于行，我鼓起勇气，以最诚挚的心、欢喜的笑容邀请公婆回来同住。于去年冬天，公婆回到我身边，接受我的供养，我内心的感恩，实非笔墨可以形容。

天气严寒,公公已多日未洗浴。一日,天气暖和,我主动向公公请求为他洗澡,公公稍作犹豫,禁不住我诚恳的请求也就答应了。公公看我卷起裤管,忙上忙下准备电暖气、大浴巾,数次探看水温,他老人家脸上露出欣慰的笑容。

当我舀起一瓢温水,一次接一次,轻轻地冲洗公公背上的污垢时,突然间,我体会到浴佛的真谛。每年的浴佛节,我看到很多寺院里也都有"浴佛"的仪式,舀一瓢水轻轻地洒在佛像身上,那分虔诚的心念,不正是和我现在一模一样吗?

一时间百感交集,泪流潸潸,我恳切发愿:"只要公婆在世之年,我定会以供养活佛的心来孝敬他们老人家!"

(一九九一年四月)

浴佛的故事(下)

日常生活中,上人对弟子们的言行举止,总是观察入微;不但"听其言",更要"观其行"。所以听到弟子说《浴佛的故事》之后,趁北上之际,法驾莅临寒舍;我穿着整齐,恭恭敬敬迎接上人驾临,公公更是感动万分,顶礼上人,合掌敬称"阿弥陀佛",道不尽内心的感恩。

多念父母恩

上人慈言慰问公公:"多念佛,心情放松,病会转好的。"我虔诚地跪在上人和公公的面前,上人指着我,问公公:"这个媳妇对您老人家可好吗?"公公点点头回答:"师父!她待我很好。"上人接着又说:"您不要客气!把她当成自己的女儿来使唤。"公公说:"她比我自己的女儿更好哩!"大家都听得笑了。上人点点头,眼里有安慰,也有满足。他今天来验收弟子"浴佛"的成果,总算没有让他失望。

上人!十年的岁月,是您的教诲和感化,否则我是个不及格的媳妇。看到公公紧握着上人的双手，频频点头道谢，回想自己担当母亲的角色，积年累月，无所求地为儿女付出心血，甚至栽培子女出国深造，也从不计算成本和金钱；但在奉养公婆的时候，却往往精打细算。上人曾形容："父母爱子长流水，子女敬孝父母却如水之逆流"。庆幸自己，在公婆年迈、最需要我照顾时，能有机会尽到我做人媳的本分。"做人要饮水思源，天下父母心，多念父母恩。"上人的叮咛永记心头。

活佛莫远求

不久，在台北分会的小客厅，大家聚集一堂。上人观机逗教，令在场的弟子们心开意解，受益良多。当日，上人命我把"浴佛"的故事，当众重述一次。我说："现在，我为公公洗脚就是'浴佛足'，如果没有进入慈济，我一定不情愿做，表现在外的'声'和'色'都不好看。可是现在的我是欢欢喜喜地，用感恩的心去做。"上人开示说："欢喜做，才能快乐得；以前是你不懂得'放下'的道理，把洗好的双脚，不仅重重压在心头，还时时为它起无明烦恼。如今，能'放下'即得快乐自在。"在场的师姊们疼爱我如手足，为了鞭策我，当场建议：师姊们每三个月到家里复查一次，为的是警惕我——说到做到，身、口、意一致，并持之以恒。

俗语说："在家敬父母，何必远烧香？"如今，我能以敬佛的心境，供养公婆，是今生最大的福报。何况，我日日都如"打佛七"一般，家中时时播放"阿弥陀佛"圣号，扶着公公步行做运动——牵佛绕佛。有时老人家认为长期病痛拖累我们，不免感到歉疚地说："早点结束生命算了。"我每闻此言就不由自主地跪在公公的面前婉言相劝，虔诚地"请佛住世"，留在世间，让我们有尽孝的机会，公公方才转悲为喜，露出安慰的笑容。

父母是堂上的活佛，是真正能接受我们供养、让我们孝敬的恩田，我们佛弟子切莫舍近而求远，放着眼前的恩田不做，反而四处烧香拜佛，那就是本末倒置了。

（一九九一年五月）

 永远的资粮

　　时光飞逝，公公在病榻中，不知不觉已过了九个多月，虽然全家悉心地照顾，但老人家的病情毫无起色，除了体力一天天衰竭、老化，还由吞咽不便转为滴水难进，由手扶着拐杖行走变成寸步难行；最后，终于送进医院住院治疗。

　　住院期间，公公曾经数度休克，医师宣布病危，吩咐家属准备后事。当我听到"病危"时，内心宛如刀割，悲戚难舍；行孝报恩的时日，竟是这么短暂？一时无法控制情绪，跑到病房外放声大哭，小姑见了，诚恳地安慰我："嫂嫂，我明白你的心意，不要难过了，这些日子来辛苦你了。"拭去泪水，耳中响起上人句句的叮咛："不必期盼生命的长或短，面对病苦、老死，但求尽人事、听天命，一切随缘。而只要一息尚存，就要把握因缘时机，奉献你的爱心，这才是你能永远拥有的善资净粮。"

最美的孝亲图

趁着公公尚存一口气的时候,我对外子做了恳切的要求——希望为公公植福。公公一生好学不倦,可说是一位博学之士,当年在日本曾任大学教授,台湾光复后,担任北港中学校长,春风化雨,为国家培植了无数的良才。现在慈济四大志业中,慈济大学正积极筹募基金,何不以公公的名义捐出善款?既报亲恩,又可回馈社会。听了我这番话,外子竟一口答应说:"报恩种福就在这一刻,我们让父亲在有生之年,能成为慈济的荣誉董事。"此时此刻,一幅最真、最美的"孝亲图"仿佛浮现眼前,我感动得想双脚跪下。于是,不由自主地合掌对外子说道:"阿弥陀佛!我以纪家的媳妇为荣。"

是孝心感动佛菩萨的加被,公公在医生的全力急救下,挽回了生命,奇迹似地出院了。再次回到家,只是他的鼻孔多插上了一支胃管以吸取食物,维持生命。身不能动弹,口不能言语,只有以"摇头""点头"来表达心意;好在他的头脑清楚,耳根锐利,这是我最后唯一的期望了,因为上人在诠释孝道中曾经开示:"世间之孝,一世而已,乃为小孝。何谓大孝?把父母从苦海中度往净土,让我们的心灵获得解脱自在,才是真正彻底的大孝。"

公公卧床不起,我再也没有浴佛的机会了,每天陪伴着他老人家的是二十四小时不辍的佛号声。我们不时提醒他："爸爸！要虔诚念阿弥陀佛，才能心神安宁，离苦得乐！"有一日，我问他："爸爸，世界上什么东西是你永远可以拥有的？妻子、子女、财物、学识……"他竟然摇摇头，表示那一切都不是他的。我接着说："这些日子来，阿弥陀佛日夜不舍地呼唤您，您要一心不乱地念佛啊！唯有阿弥陀佛才是您的依靠。"公公坚定地点点头。

为亲植福乃大孝

又是一天的开始，我试着拿了一张支票对公公说："爸爸！这些钱捐给师父盖大学，好不好？"他犹豫了一下，我赶紧告诉他："做好事有好报，能庇荫子孙！况且您那么尊敬师父，更应该护持慈济呀！您要发愿当慈济人，将来能到慈济大学当教授。"老人家虽然无法言语，但我牢记《弥陀经》中所云："不可以少善根福德因缘，得生彼国！"现在，公公正精进不懈、努力补修他的念佛法门，深信将来，他会具足善根福德因缘到所向往的国土。

人生无常，就算我费尽心思，极尽所能要留住他老人家，却是了不可得。

十二月一日晚上，我参加麻豆举办的联谊会，结束演讲已经十点多，多位师姊希望我再多留一天；但是心里惦记着公公，决定明天一早就赶回台北。

就在深夜时分，电话铃响了；台北的师姊告诉我，公公在没有惊动任何人的情况下，安详往生了！刹那间，我的心情只能用"感恩"两个字形容。

回想从十月二十四日启程到美国，临行前，上人祝福我："快去快回，不会有事的。"于是委托邱师姊照顾公公。在美国一个月，从洛杉矶、纽约、德州，再回到洛杉矶，不拘人数多少，参与了一场又一场的茶会，到处说慈济。这一个月当中，正如上人对我的祝福：公公一切安好。

回到台湾，仍旧马不停蹄地参加了好几场联谊会，让我有机会和许许多多的人结善缘，麻豆已是最后一场了。公公如此地体谅我，在我把慈济志业的工作告一段落后，他才安详往生；我对他的感恩不是用眼泪可以表达的。

十二月三日清晨五点，回到家中。慈诚队的高师兄已在布置灵堂，许多师姊在公公身旁彻夜助念。看到他老人家安详的脸庞，我深深感受到佛菩萨的慈悲接引。

三日当天恰好是台北分会的发放日，许多师姊一听到公公往生的消息，都到家里来助念，前后约有五百人次。更不可思议的是，上人也刚好于傍晚抵达台北，听到消息立刻亲来吊祭。这么殊胜的因缘，直教我感恩得长跪不起。

回顾公公自东京帝国大学毕业，获得硕士学位之后，担任过教授、校长之职，春风化雨几十寒暑。后又出任嘉南农田水利会总干事，凡二十余年，造福农家无数。由于他的德荫庇护，使我能有这么好的因缘走进慈济；在上人的教化之下，使我明白最虔诚的拜佛，就是礼敬堂上活佛。公公让我有机会克尽子职，更使我领悟到"浴佛"的真实意义。

《浴佛的故事》录音带，使我和公公都与无数人结了好缘。有许多人告诉我，某某人听了录音带之后，改了习气，懂得孝顺高堂……无形中，这也是一项法布施。

由于公公有这福德因缘，在他往生三十六小时之后，身体柔软，面色如常，现出种种瑞相。我知道公公已到了他所向往的国土。

（一九九一年十月）

 木鸡的启示

每个人心中都有"病",这种病称为"心病",心病是一切疾病的根源,是人类罪恶的渊薮,也是所有苦恼的根本源头;想医治它,先要认清病源,然后从根本加以治疗,才能收到"药到病除"之效。

佛法如水　洗去污浊

在未听闻佛法之前,就好像一个人心里患了病,但没有发现,也不知道什么才是"良方妙药",任由病情蔓延,直到不可收拾的地步。在接触了佛法之后,我们的"心",好像做了一次彻底的健康检查,不但发现了病源,找到了良药,更能在未发病之前,先加以预防,使自己终身具备免疫力。

上人说:"佛法如水,可洗涤众生污浊的心田;佛法如药,应众生的需要下药,药无贵贱,合适就是良药。"在我们的心目中,上人是一位大医王、一位调御丈夫,更是一位伟大的教育家,教育弟子观机逗教,因材制宜,常常因人、因

时、因地，而适切地教导弟子，让弟子们个个心服口服，肯立志"改过迁善"，做上人的好弟子。

有一次，我的心又为境所转，正当一把无明火升起，"良知"逃之夭夭的时候，上人见状，默然而笑，对我说了这么一则小故事——

远在战国时代，有位国王，嗜好观赏斗鸡，命大臣广求优秀的斗鸡。有一个斗鸡师，进献一只威猛凶暴的斗鸡，国王非常欢喜。

过了一段时间，国王举办斗鸡大会，命这只斗鸡出赛，斗鸡师说："这只斗鸡还不能参加比赛，因为它目前斗志高昂，只要听到一点声音，见到一点影子，就张牙舞爪，目露凶光，还不是一只好斗鸡。"于是国王下令："好好加以训练。"

又过了一段时间，国王问："现在可以上场比赛了吗？"斗鸡师说："还不行，现在听到声音，看到影子，虽然比较冷静，但一有别的鸡靠近，就立刻摆起打斗的架势，这样沉不住气，怎么能斗赢呢？"于是国王下令再加强训练。

有一天，斗鸡师对国王说："现在这只斗鸡可以出赛了，因为它已具有'呆若木鸡'的功夫了。"

带到斗鸡场，只见它蹲在地上，俨然老僧入定，尽管别的斗鸡在旁扑动着翅膀，挥舞着利爪，它却视而未视、闻而未闻,被猛撞一把或痛啄一下,也纹风不动,依然故我,别的斗鸡见它"老神在在*""如如不动"的样子,不知葫芦里卖什么膏药,个个心中害怕,颓然退败,而这只鸡也就不斗而赢了。

呆若木鸡　致胜关键

上人叙述的这则故事,令在场的弟子们受益匪浅,感受良多。当"无明"现前,无法忍一口气时,张牙舞爪之状,就如一只威猛的斗鸡,结果必然惨败,如果具有"呆若木鸡"的功夫,能忍一口气、退一步想,则海阔天空,不起祸端,事事迎刃而解。心静气和,便能达到上人的理想:"与人无争则人和,与事无争则事安,与世无争则世靖。"

最后上人又叮咛说:"希望你们能当一只有智慧的木鸡,它是'威而不猛、温而厉',人人修炼自己,自我训练静、定的功夫,静而后能定,定而后能安。"弟子们个个欢喜信受,作礼而去。

药无贵贱,合适即是良药;上人下了这帖良药,虽说良药苦口,心里却也甘之若饴啊!

(一九九〇年四月)

---

* 老神在在:闽南语,从容不迫之意。——简体字版编者注

战胜心魔

上人时常对弟子说:"我不能赐给你们什么,只有教化你们学习佛陀的信心、勇气和毅力,如同佛不能赐予我们成佛的果位一样,只能教导大家如何迈向成佛之道。"

每当会员心有千千结的时候,总会看到他们来到上人面前,请上人为他们解开心结,这时,我的脑海中立刻浮现上人的这句法语。

心病还要心药医

人,常常在无谓的人与事中起烦恼,能找出烦恼的症结,才能对症下药。上人说:"心结要靠自己来解开,佛陀在世也无法转众生的业。"接着开示了一则寓言——

过去,有一位忠厚老实的农夫,家徒四壁,仅有一把锄头赖以维生,他对这把锄头,总是心存感激,也十分爱惜它。

有一天,这位农夫忽然领悟到:自己的生命一天天地老化,锄头也会随着时日的消逝而逐渐磨损,应该看开一切,赶紧修行。于是把锄头收藏好，决心剃度出家，并发愿："此生此世如果烦恼不断，绝不罢休。"说也奇怪，当他听经闻法，心已经定下来的时候，忽然想起那把和他相依为命的锄头，便不顾一切地还俗；回到家中，拿起锄头左瞧右看，爱不释手。相处一段时间，又回到师父面前虔求忏悔。然后再出家，但是又经过一段时日，还是放不下家里的锄头，又再还俗，如此反反复复已经是第六次了。

眼望着"时日已过，命亦随减"，对锄头的爱念不断，道业何能成就呢？这一次他抱定决心，拿起锄头跑到恒河边，对着锄头说道："我这一生的生命虽然是你养活的，但我的慧命却断在你的手中。今天，我要丢弃你，永远不要和你见面。"闭上眼睛，原地绕了无数圈，毅然将锄头抛进恒河。

修行首在放下

当锄头脱离手中，这位修行者忽然感到无比的轻安和满足，他不禁手舞足蹈，大声喊叫："我胜利了！我胜利了！"正在这个时候，有一位国王方才战胜敌人，凯旋经过，听到这一声的叫喊，心想："我才是战胜者，有谁会比我此时此刻更光荣？"便循声追来，才发现原来是位不起眼的修行者。国王看到他那副得意忘形的模样，不由自主地驱前问道："喊胜利的人是你吗？你到底战胜了什么？我领兵攻城掠地，所向无敌，才是真正的胜利者，但是我的心境却没有你这般高兴，这是为什么？"

修行人回答："你领兵攻打敌国，双方流血流汗，在生死线上挣扎，不知有多少宝贵的生命被牺牲，而你战胜了一个国家，一定想再征服另一个国家；贪欲不断，永远不会满足。而我不必付出任何代价，我向自己的心魔挑战；我的心魔已被我的毅力和信心降服了。现在我是天下最富有、最知足的人了。"国王听了这番话，恍然大悟："原来战胜'心魔'才是真正的胜利者，我被自己的欲念打败，我承认自己仍是个失败者。"

这则小故事使我深深体会到，我们平常也和这位出家前的农夫一样，为了一把快磨损的锄头，爱得那么执著，以致荒废道业，徒增痛苦。要迈向成佛之道，应当向这位出家后的修行人一样，提起毅力和勇气，才有战胜心魔的可能。

（一九九〇年五月）

缝在衣服里的宝石

多年前,上人讲述《法华经》时,曾以一则故事——《缝在衣服里的宝石》,来教诲弟子们应"多用心",时时刻刻散发自身那分真如清净的本性,映照出生命的真价值。

清明自性人人本具

某地,有个很贫穷的人,有一次,他去拜访一位有钱的朋友,受到丰盛的款待,因喝酒过多,酩酊大醉,倒在椅子上呼呼大睡,不巧的是,他的朋友刚好有事要出远门,所以就在这个正熟睡的穷朋友的衣服里,缝上了一颗十分昂贵的宝石后离去。他是同情朋友的穷困,送宝石给他,希望再见到他时,不但是一位富翁,而且是一位能服务人群的人;可是那个穷人因醉得不省人事,所以一点儿也不知道衣服里缝着一颗宝石。因此,当他醒来之后,又毫无目的地到各处流浪,生活依然那么的困苦,他做梦也没想到自己的衣服里有颗昂贵的宝石。

有一天，他意外地和那富有的朋友在路上相逢，富有的朋友看到他还是那副寒酸落魄的模样，大吃一惊，说："你怎么一点也没有改变？以前，我们见面的时候，为了帮助你离开那困苦的生活，就在你的衣服里缝上一颗昂贵的宝石；当时因为你喝得烂醉如泥而不知道，经过了这么多年，怎么还没有发现衣服里的宝石呢？你也实在太不用心了，赶快把宝石换成你该用的东西吧！你就不会再这般落魄潦倒了。"

　　芸芸众生，何尝不是和这位贫穷的人一样？人人身上拥有一颗无价的宝石，朝夕与共，自己却毫无察觉，以致一生庸庸碌碌、潦潦倒倒，不能善用宝石，则无法发挥功能，实是一大损失；所幸，这位穷人虽流浪许久，身上的宝石并没有遗失。当这位富有的人，告诉他身上原已怀有宝石，他才恍然大悟，原来致富的泉源是埋藏在自己的身上。众生亦是如此，无明、迷惑、颠倒、愚痴等习性，往往遮蔽了人的好本质——清明的自性，人人心中隐藏着"人之初、性本善"，这颗与生俱来的良知，经由上人的启发，得以无限量地发挥，以自利利人，已达达人。

心光身光相互辉映

　　凡夫常常追求身外的富足，喜爱宝石，其实只是装饰在身上的金环玉锁而已！珠光宝气虽能博得别人的眼光，但毕竟是短暂的，也谈不上永恒之美，实则内心的富足远比它还要重要。诚如上人所说："心光是人人与生俱来的慈悲爱念，身光是指一个人的举止、威仪、气质；心光形于外，就是身光，心光身光相互辉映，才算是真、善、美的人生。"但愿我们"多用心"，趁早拿出"缝在衣服里的宝石"物尽其用，发挥它最大的功能；否则"老之将至"，衣服也破旧了，宝石随着衣服掷入垃圾堆中，如果是您的话，一定也会遗憾终生。

（一九九〇年十月）

少女的祈祷

《少女的祈祷》是一首世界名曲,记得一九五九年,名舞蹈家蔡瑞月老师率领学生举办发表会,舞出《少女的祈祷》,优美的音乐配上美妙的舞姿,令人感到无比的纯洁和清新。当时,年轻的我,便深爱着这首曲子。

过了几年,结了婚,有了家庭,再也没有闲情逸致去欣赏这些名曲舞蹈之类。有一次,忽然,《少女的祈祷》悦耳的音乐声,竟在大街小巷口响起,我跑到窗口探个究竟,奇怪,优美的乐声却来自一辆粗笨、肮脏的垃圾车!从小养尊处优、自以为高贵的我,看到垃圾车,不屑一顾,直喊佣人:"快去倒垃圾!"内心也为《少女的祈祷》这首曲子叫屈。

不一样的世界

随着岁月的流转,因缘的牵引,在自我陶醉、自我享受的日子里,被静熙师姊引介,踏入慈济。记得当时,幼稚无知的我,"行善"只是想捐旧衣服——为了追求时髦,满衣柜的衣服要淘汰，丢弃可惜，捐了较心安吧！后来，由探访贫户个案，才发觉往往他们家中的脏乱，是捡回人们丢弃的衣物堆积造成的，因为衣服尺寸、款式不合，无法穿用。我才领悟到上人的教诲："少买一件衣服是惜福，节省的金钱利益人群是造福。"

平时，上人开示总会语重心长地说一句："多用心啊！"教育弟子在开门时，"心"用在手上，走路时，"心"要摆在脚底下，无非是要我们爱物惜福，希望让身边每样东西的生命也能"延年益寿"，既养成节俭的美德，也能减少垃圾的产生。

很多人都说，将来要求往生极乐世界，因为那儿黄金铺地，风吹树上音乐响，鸟叫有如法音宣流……人人向往西方的一片净土，埋怨眼前身处的五浊恶世——说人心不古事态险恶，说空气污染见不到青天白云，说垃圾堆一团脏乱……可悲的是，我们凡夫心，何尝不是填满着贪、瞋、痴、慢、疑，无一时刻是清净自在啊！所谓"心净则国土净"，心中堆满垃圾，不懂得做心灵的环保，如何使得"国土净"呢？

街头是道场

上人教导我们"用鼓掌的双手来做环保"——若每个人能拿出爱心，弯下腰去捡拾、去实行垃圾分类，让垃圾变成黄金，利用垃圾回收资源，来造福人群，当下我们就可以建立一个清净、幸福、黄金铺地的极乐世界！净土在眼前，净土在身边，如果只想追求离我们十万亿佛国土的西方极乐世界，那好遥远哦！

多年来，有了自我反省、自我教育的机会，自己也成长不少，以往听到垃圾车播出《少女的祈祷》，常为这首名曲叫屈；而今，曾被我不屑一顾的垃圾车，我却深深地敬爱着它，而这首名曲仍旧像三十多年前一样，带给我喜悦、欢欣，除了相同的柔美感受，另外还加上一分感恩之情——因为清洁队披星戴月，不辞劳苦，日夜奔走在大街小巷，载走了世间有形、无形的污秽，为的是：让你我有一片人间净土。

（一九九二年四月）

顶尖人物

亲子关系是一种长久而无法选择的关系——孩子一旦生下来，父母就有教养的责任。

目前的社会，虽然早已少有"养儿防老"的观念，但多数父母仍不免希望孩子是自己的延续，因此诸多期望和要求，不断加诸孩子的身上；在求好心切下，往往造成孩子反抗、叛逆的行为，到头来父母的一片"好心"，却变成了"伤心"——伤了自己和孩子的心。所以现代人常感慨"父母难为"。

无心插柳柳成荫

曾经担任小学老师八年的我，婚后两个儿子相继出世，于是辞去教职，专心在家相夫教子——当时的心态是：与其教好别人的孩子，不如用心把自己的两个孩子教成"顶尖人物"，因为那才是属于自己的。而我最注重、最关心的，就是孩子的"学业成绩"。

在孩子小学阶段，我亲自为他们补习功课，每日勤于阅读国语日报，为他剪贴好文章，并以录音带亲口录下好故事，期待孩子的作文能进步，语文能力能提高。却没想到"有心栽花花不开，无心插柳柳成荫"，最后作文进步的不是孩子，而是我这个妈妈。

到了老大初二时，由于科目多、课业重，身为母亲的我，已无能力再教导，以致他们的成绩大为退步。有一天孩子放学回家，对我说："妈！请您笑一笑！"我露出一个笑脸，接着他说："妈妈，请您保持这个笑容，不要变。"然后拿出成绩单来。"pī pi pā pa"——我一看成绩不如我意，便两巴掌送给了他。只见他哭丧着脸，无奈地说："妈！您很不守信用！"

好在当时我不是慈济委员，否则我将听见的可能是："妈！您忘了师公上人的三无吗？普天之下没我不爱的人，普天之下没有我不信任的人，普天之下没有我不原谅的人。你要原谅我这次考不好，你要相信我：下次会考好。"

幸运的，在老大迈入初三时，我踏入慈济，上人教育我们，对子女只有义务和责任，没有权利。我们应该以菩萨的智慧去教育子女，用妈妈的爱心去关爱一切众生，更何况人格教育远比考试分数来得重要。为人父母的，为什么总是斤斤计较于区区的考试分数，而忘了留给孩子更大的空间，让他们自由成长呢?

另一片天空

高中联考发榜前,我对孩子说:"你已经尽力了,只要榜上有名,不管第几志愿,妈妈都会祝福你。"等到放榜时,弟弟看到哥哥的名字在"第四志愿",两个人又叫又跳跑回家。隔壁的游太太探出头来,迫不及待地打电话向我说:"恭喜你!你的孩子大概考上第一志愿吧!"我回答:"是考上第四志愿。"但我已高兴万分,因为我已经懂得提高自己的水平——以菩萨的智慧教育子女,用妈妈的爱心爱一切众生,同时,对孩子懂得降低标准,不再施予压力和苛求。

开学了,很多孩子走上重考的命运,可是我的孩子背着书包,踏着快乐的步伐,满怀着信心,进入第四志愿的学校。

(一九九三年六月)

退后原来是向前

日子过得真快,今年十一月三日是我和外子结婚三十周年纪念日,俗称为"珍珠婚"。孩子们都在国外,当天,我照样忙着慈济工作:上午到中广接受"尊重生命,全球齐步走"活动的访问,中午到劳保局,向佛学社的社员介绍慈济。

傍晚,回到家,家中多了一束美丽的鲜花和一张卡片,上面写着:"月云:慈济十四年,胜过结婚三十年,真高兴慈济赐给你快乐忙碌的人生。信雄 九三、十一、三"。

如果有人问我:"你这一生最大的喜乐是什么?"我会毫不迟疑地回答:"我拥有一位明师。"所以,难怪外子会说我们结婚三十年,不如慈济道上走了十四年。

十分巧合,就在几天前,我们整理书房时,翻出了一本我收藏已久的日记簿,外子征求我的同意,和我一起回忆往事。

从旧日记本中,仿佛又看到自己当年生活在凡间,彼此相处在凡夫境界中的点滴记载,找不到任何绚丽灿烂的生活足迹，篇篇记载着别人的不是，评论别人的错误而自以为是，如此，浪费了我人生大半的好时光。其实，现在再来看看自己当年的片段叙述，不禁感叹：如果能退一步，不就海阔天空了吗？

昔日日记之一

结婚这么多年了，他还是不改，每天下班回来，只会挑剔、挑剔，一连串的挑剔。"挑剔"别人是他的专长，也不照照镜子，能娶到我当老婆，要偷笑！还嫌弃我不会做家事，要我每天把家整理得像故宫博物院一样一尘不染，我真受不了！那样的环境令我感觉冷漠、无朝气。我倒认为家要带几分凌乱，才能生活得悠游自在，有温馨的气氛。

昔日日记之二

昨天是我的生日，他问我："想要什么礼物？"我毫不考虑地回答他："我最期待的生日礼物是一天内你不呼唤我的名字。"

别人的丈夫对太太的呼唤是送一把钞票或一只钻戒，我丈夫的呼唤声是要求我做事，我实在听怕了！

虽然，昨天我过了一天很自由的日子，可是今天他还是不放过我昨天的不是，又是一番的数落……我真怀疑他为什么不改。

海阔天空新人生

以上摘录两小段日记，真是"清官难断家务事"！谁是谁非难以裁判。诚如上人所说："凡夫手持放大镜，时刻放大别人的缺点；如能欣赏别人，即是庄严自己。"上人又教育弟子："要求别人改，倒不如自己先改。"

双手捧着这本陈旧的日记簿，做了最后的一次巡礼，慈济十四年，让我学会凡事要和顺，不与人争执，"退后原来是向前"。我诚恳地对外子说："对不起，是我不对，写了那么多你的坏话……""一定是我有错，你才有那么多的坏话可以写。"结婚三十年了，他也退了一大步，眼前一片海阔天空，我内心充满了喜乐——我是有福报的人！

（一九九三年十一月）

一杯咖啡

最近与先生到美国，和儿子、媳妇相聚了将近一个月。

在美国，我们两老一早就起床，我做早餐，纪爸打扫庭院；能与儿子、媳妇团聚，共享天伦之乐，心里非常欢喜。

媳妇的媳妇

每当媳妇起来，看到早点已经弄妥，总是有点不好意思地说："妈咪！您怎么又起来做'媳妇的媳妇'了！"我说："唉啊！妈咪也是闲着，只要你们觉得方便，妈咪也做得高兴！"

有一天，媳妇感冒了，可能对早餐的稀饭没有胃口，就说："妈咪！我好想喝咖啡。"我担心她发烧喉咙痛又喝咖啡，恐怕会更不舒服，就对她说："感冒喝咖啡，火气会更大，恐怕不好吧！"

没想到媳妇去对儿子说："妈咪怎么在管我喝咖啡！"我心想：我是爱你、关心你啊！眼看着她仍把咖啡喝下，我心里的火气立刻升起。我回到房间,心里起伏难平,想着:不听我的话,白费我这么"乖",每天做"媳妇的媳妇"!难过了大约十多分钟,刹那间,忽然想开了:"唉啊!我是慈济婆婆耶!媳妇喝咖啡,她的火气还没上升,我已经火辣辣了!"

咖啡"火辣辣"

于是,赶快跑下楼,打开冰箱,喝了几杯冰开水(甘露水),让心"清凉"一下,就对儿子说:"'一百分的媳妇'没有善解妈咪的心意,妈咪好难过。"儿子说:"妈咪!您不要失望,要有希望哦!这是您第一次与我们相处,媳妇也希望能留给你们好印象,所以,她每天打扮得漂漂亮亮的,而且每餐饭后都洗碗、打扫房间……希望你们会喜欢她!"这句话提醒了我。

第二天,当媳妇一下楼,我赶紧跑过去摸摸她的头发,称赞她好可爱,她马上笑得心花怒放。隔天,当我们全家一起外出时,媳妇不去牵儿子的手,而过来扶我一起走,还对儿子说:"妈咪比你了解我。"

把握因缘结好缘

当我们婆媳之间爱的存粮已经足够时,在一次慈济茶会上,我说起这一杯咖啡的故事;随后,媳妇也上台与大家分享我们婆媳的相处之道，对于这一杯咖啡，她说："我知道对不起妈咪，因为妈咪是爱我、关心我的。"

"赞美别人就是庄严自己"，上人传授的法，让我们不管遇到什么境界，只要念头转一下就能相安无事；有缘成为媳妇或眷属，就要把握这分因缘，结下好缘，天下没有媳妇不希望婆婆喜欢她，也没有婆婆不希望和媳妇相处得愉快。在我的心目中，我的媳妇仍是一百分的。

（一九九四年三月）

感恩的季节

当五月里温馨、感恩的母亲节来临时,我想起了一则小故事。

世间最体贴的温暖

从前有一个不孝子,在母亲年迈又生病时,觉得母亲拖累他,心想遗弃母亲;有一天,他背着母亲往深山走,要把母亲丢弃在荒山里,任其自生自灭。

那天,天气非常寒冷,一路上,母亲一直用双手护盖着儿子的双耳,儿子问母亲说:"为什么用手盖住我的耳朵呢?"母亲回答:"儿呀!记得你小时候,每当天气这么寒冷,我总是把你搂在怀里,抱得暖烘烘的,今天天气这么冷,你的双耳冻得通红,希望用我手中的热气温暖你的耳朵,你才不会受寒受冻呀!"

儿子听到老母亲这样说以后,当下双膝跪地,放声大哭起来,向母亲忏悔地说:"妈!小时候当我需要您抚育时,您不惜辛苦地养育我，照顾我，现在，我长大了，您老了、病了，当您最需要我孝养时，我竟一心只想遗弃您！可是，您对孩子却毫无怨恨，不顾自己的寒冷和孤单，只想到孩子。妈！我错了！我知道自己以后该怎么做。"

于是，他把母亲背回家，尽心尽力地孝养老母亲，成为当地有名的孝子。

人参汤的回忆

从这则小故事中，我好像亲眼看到老母亲的双手温暖着儿子耳朵的情景，使我体会到母亲的爱是无所求的，亲情是永恒不渝的。此时此刻，我也仿佛回到自己母亲的身边，那是遥远、遥远的从前，每当寒冷的深夜里，母亲常常端着一碗热腾腾的"人参汤"，在我已经熟睡之后，轻轻地摇醒我，然后对我说："不要出声，喝下去才有补。"这分爱的画面永远烙印在我的脑海里。

记得我已经长大成人，在长安小学教书时，别人的午餐是蒸便当吃，而我，却是母亲亲手做好的午饭，再由佣人送来学校给我，不知羡煞了多少同事，而当时的我，却人在福中不知福。

直到我结婚生子，母亲仍然有着太多、太多的爱陪伴在我身边，让我此生此世享有最可贵的亲情和母爱。

再续母女缘

母亲是我一生中最怀念、最令我追思的人,我才出生六个月的时候,就被抱到陈家,系上了这段母女缘。母亲六十岁就离我们而去,当时我刚踏入慈济第三年,为了母亲的离去曾悲伤不已,上人开示说:"把伤心化为爱心,把普天下和你母亲年龄相若的人,当做自己的母亲去敬爱,而你的母亲,她会再回来慈济世界的。"

如今,母亲已离开我整整十二年了,我时时刻刻用着母亲爱我的那颗心、那双手,去爱我周遭的人,我深信,在慈济世界的小菩萨中,母亲必定是其中之一……

(一九九四年五月)

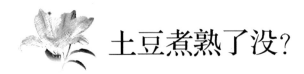

土豆煮熟了没?

静宥师姊每场演讲几乎必讲"纪家煮土豆(花生)"的故事。我——故事中的女主角,现在将"原版"故事叙述如下,借此和大家分享我的心路历程。

土豆煮烂了没?

以往先生常要求我煮烂熟的土豆,而"烂熟"的程度人人认知不同,明明觉得烂得可以吃了,先生却不满意。曾经煮了一斤土豆,我和孩子们都吃掉半斤了,先生才尝一粒,就大喊:"没煮烂。"我不甘示弱地说:"已经够烂了!"他又喊一句:"没烂。"我再回一句:"烂!"

凡夫就是如此!争吵时不管有理、无理,谁都不愿放弃最后一句话,似乎只要抢赢最后一句话,就是胜利者。当时还未进入慈济的我,常常为此和先生吵闹不休。最后,我干脆找爸妈来主持公道。

疼爱我的母亲,看女儿为一斤土豆受委屈,除了安慰我之外,也对女婿说:"可以吃就好了,不要太挑剔。"因此我常觉得只有母亲最了解我,也最能顺女儿的意;也越觉得嫁到纪家,真是遇到一群"逆我者",我常常气到"上气不接下气"。

熟与不熟　在一念心

进入慈济后,上人教导要"尊重他人,疼惜自己",渐渐地,我改变了态度。家人只要说:"不够熟。"我就"再去煮";端进、端出,一次、两次、三次……一直到家人点头说"有烂!有烂!"才罢手。我耐得了烦,最后终于赢得家人对我的尊重。

现在,我要透露一个小秘密!其实,好几次我都很调皮,并没有浪费煤气喔!我只是在家人嫌"没烂"时,把土豆端进厨房里,过一会儿再端出来,如此数进数出。因为我的诚恳和耐烦,家人感到不好意思,也舍不得我忙进忙出,就说:"喔,可以了,烂了!"其实,土豆还是先前我觉得"烂了"而先生觉得"没烂"的土豆。

从中我体会到——"圆融"是需要一点智慧的。上人常说:"外面的人说你好,不算真好;家里的人说你好,才是真好。"好坏在"心念一转"之际,境也就随之而转了啊!

疼惜自己　尊重他人

前一阵子，我们慈济大家庭里的一位师姊，和她的伴侣破镜重圆了。这位师姊在婚姻破碎十年之后，进入慈济这个团体，因反省到自己过去种种过错和缺失，而转换一种心情去面对前夫；也从而体会——毕竟一日夫妻百日"恩"，何况孩子们需要一个温暖的家！而自己流浪在外，十年来获得什么？只是一个不会"疼惜自己"的人！师姊也为以往不懂得尊重家人，擅自吵着要离婚而后悔。

之后，她抱着万分忏悔的心，常去为前夫及孩子们煮饭、洗衣、做家事，不论对方态度如何，她都甘心付出，以弥补以往的不是。一天、两天、一星期、两星期……直到前夫接纳为止。

就因诚恳和真心，今年他们重"缔结良缘"，请我当证婚人。我很荣幸成为他们"善解、感恩、包容、知足"的爱情见证者。

一个人千万不要"身后有余忘缩手"，否则，等到"眼前无路想回头"时，可能就来不及了。

（一九九五年十一月）

我们家的故事

每当应邀现身说法，先生总是好奇地追问我："你上台到底讲些什么呢？"我轻松地说："讲我们家的故事啊！"

"纪家"故事多

对他而言，故事虽曾发生，但已不复记忆；对我来说，却点滴记心底，如果我没有进入慈济，新愁加旧恨，只会小题大作，夫妻可能早已分道扬镳了。

记得刚踏入慈济，常常向上人诉说先生的不是，上人说："要感恩嫁给纪先生，你才有纪太太的称呼。"当时我无法体会上人的用心。

如今，能以感恩的心，感谢有"纪太太"的头衔，才有这么多纪家故事和大家广结善缘。

纪家的故事来自家规甚繁，粗枝大叶的我无法适应，甚至视为畏途：西瓜吃无籽，番茄要去皮，东西要物归原位……丝毫马虎不得，否则就有话要说，有戏可看！

无明火　上心头

话说一天晚上,我累了,沐浴后忘了把报纸放回柜子就上床睡觉。就在我即将进入梦乡时,突然间,有东西朝我脸上丢来,打得我发疼!

爬起床来看,竟是先生把当天的报纸丢在我身上。原来,我犯了家规——当天报纸阅读完后,晚上就寝前必须收好,放在固定的地方。

我想,"有力气把报纸丢过来,为什么不举手之劳把它收放好?"平日我都遵守"家规",只是偶有差错,如果先生能善解我"太累了",或包容我"一时忘记了",就没戏可演;偏偏他那气急败坏的样子,看了真叫人受不了!

一口气冲上来正要和他理论,忽然一个善念掠过:"不行,不要争一口气,要咽下这口气,然后把它消化掉。"

但,谈何容易啊!另一个恶念头马上又升起:"真是欺人太甚,我已经不断地改变自己去适应你了,你还不知足,你……"一股无明火涌上心头。

正在内心交战时,先生看我没反应,以为我很有进步,修养到家,放心地去就寝。

没料到,那股无明火在我心里开始燃烧起来,我跃身而起,顾不得上人平时的教诲和慈济人的气质,抱起一大叠报纸，就往先生的脸上丢去，以牙还牙！不同的是——我的报纸比他所丢的报纸，多了好几倍。

向佛菩萨"请假"？

对我突如其来的动作，先生吓了一大跳，爬起来坐在床上，大声称念："南无阿弥陀佛！南无观世音菩萨！证严上人啊！您的弟子发火了，快来救命！"

我大声回答："今天向佛菩萨请假！"他丈二金刚摸不着头脑——难道学佛道上还有假可请？

这场"闹剧"告一段落后，我静心反省：其实道业和求学一样，如逆水行舟，不进则退。在学佛过程中，要"请假"或"留校查看"，抑或是"开除学籍"，端看个人的抉择了。

（一九九五年十月）

运 命

在我们那个年代,论及亲事时,非常讲究吉凶祸福的预卜。记得当时,若有人来提亲事,母亲一定很注意家中三天的动静,即使有个摔破碗的芝麻小事,这门亲事便不再深谈。

当我二十六岁好不容易"终身大事底定",结婚宴客之后,母亲教了我一招:踩丈夫的鞋,说这样往后先生才会怕我、听我、随我,也就是所谓的"我鞋叠你鞋,使你头犁犁"(闽南语,头低低的意思)。

可是结婚之后,我却发现:他也抬头挺胸,我也抬头挺胸,两个人不分高低,到底谁怕谁?

加入慈济后,上人时常要求我们"缩小自己",学会弯下腰、低下头,向老公说声:"对不起。"结果是自己"头低低",家中才呈现一片和乐。

靠毅力运转命

八月间,电视制作人阮女士曾到精舍向上人表示,她制作的一出连续剧本为破除断掌女人克夫克子的迷信，但戏剧推出不久即有妇女来电说自己是断掌人，婆婆看了此剧，不能原谅她；或有先生表示要和断掌太太离婚的；更有不少断掌的未婚少女，担心自己歹命。

上人慈示："多少人生，在迷信中导致不幸！其实也有人说断掌女人较清闲，还有人有其他说法……这些都不是真实的，而是古人经常将一个家的兴衰归咎于女人。"

我也曾听老一辈的人说"女人颧骨高，杀夫不用刀""断掌女人守空房"等，但都只是传说，毫无根据。

有一天，当我打开右手让上人看我也是断掌时，上人说："你的命很好啊！所以说，断掌有什么不好？"上人希望大家破除迷信，不要依赖外相（如手相、面相等），不要相信那些无稽之谈，要靠自己的毅力运转命，不要被命运转走。

从认命到韧命

我有个当老师的干女儿，这几年来自认倒霉极了，接连遇到婚姻、子女与钱财上的难题，花了不少钱在卜卦算命上，而算命先生也只告诉她："你会越老越好。"

当她被我带进慈济后，恍然大悟地说："原来祸福无门，唯人自招；我要行善改过来运转我的命。"在她甘愿承受苦难时，也就没有比现境再坏的了，反而只要有一点点好，就会快乐无比。

　　以前重男轻女的时代,总会把婚姻的不幸或家庭的兴衰,归因在女人身上;如今,男女平等,女人要有积极的人生观,才能由认命而韧命,为自己创造幸福。

(一九九六年十月)

仙女奇缘

热闹的"庙口"前,张灯结彩喜洋洋,有锣鼓阵、舞狮耍龙、踩高跷,有丰富可口的路边摊,还有精彩的舞台戏……时光仿佛倒流至五十年代庙会的情景,充满传统乡土风味。

这是慈济第二批次初中学佛营课程"庙会"现场。漫长的暑假中,在花莲慈济本会举办的各种营队,为学员们精心设计的活动,颇能达到寓教于乐的效果。

步上舞台演仙女

身为辅导妈妈的我,被安排和慈诚爸爸表演一出戏,名为"现代灰姑娘"。由台中美兰师姊饰灰姑娘,台北雅美师姊饰后母。故事大意是说:因为后母的私心,阻止灰姑娘参加王子选妃舞会;而灰姑娘的善良和纯真,感动了仙女,仙女赠骏马及华丽的舞衣,使她如愿参加舞会,最后"有情人终成眷属"。灰姑娘并以包容、感恩的心,带着后母及两个姊妹一起来到王宫；王子和灰姑娘一家，从此过着幸福美满的生活。

戏中，仙女的角色选上了我。仙女的装扮是手执仙女棒，背上挂着一对小翅膀，以轻盈的芭蕾舞步出场。当我出场时，台下响起一阵掌声！

我想，不是我演得好，是因为仙女的形象代表拯救好人、化解困厄，给困境、绝望中的人，带来一线希望和光明，让好人得救、故事有好结局。所以在童话故事里，仙女总是颇受欢迎的角色。

青春不留白　老人不痴呆

戏落幕了，我也回到真正的我。几天之后，接到两张我扮演仙女的照片。仔细端详半天，想不到自己慈济道上十七个年头，竟然有机会演出仙女的形象，心中诸多感受，顺手在照片背面写了一首打油诗：

年纪已经五十七，扮演仙女像十七，青春不留白，老人不痴呆。

当我恭敬地将照片呈给上人，上人看了笑笑地说："慈济委员随时可以老，也随时可以年轻，这就是倒驾慈航的证明。"顿时，我体会到："倒驾慈航"不必等来生，今生此世永保一颗赤子之心——善良、纯真的心，即可青春永在。

记得有位诗人曾写下这样的句子:"青春并非人生的某一期,而是心态。人并不因添岁而老,而是在丧失理想时,方有老年之到来。"来到慈济,我们的理想是完成慈济志业,并以推动志业来成就道业;修行,不只是一生一世,要经过几世修持,方能成道。因此,唯有珍惜当下拥有的时光,无论是青春年华,或是老之将至,都必须让生命——青春不留白,老人不痴呆。

为善不退　求法不休

我永远记得上人说过:"人生永无退休",在人生旅程中,此时此刻对我而言,无论精神上或时间上,正是最充裕的时候,我愿以一颗"为善不退,求法不休"的心,储备更多资粮再出发,相信到时候,自己会成为一个真正人见人爱的——仙女。

(一九九五年九月)

图书在版编目(CIP)数据

无籽西瓜/静旸著.—上海:复旦大学出版社,2015.2(2015.9重印)
ISBN 978-7-309-11148-4

Ⅰ.无… Ⅱ.静… Ⅲ.散文集-中国-当代 Ⅳ.I267

中国版本图书馆CIP数据核字(2014)第293988号

原版权所有者:静思人文志业股份有限公司授权复旦大学出版社
出版发行简体字版

慈济全球信息网:http://www.tzuchi.org.tw/
静思书轩网址:http://www.jingsi.com.tw/
苏州静思书轩:http://www.jingsi.js.cn/

无籽西瓜
静　旸　著
责任编辑/邵　丹

复旦大学出版社有限公司出版发行
上海市国权路579号　邮编:200433
网址:fupnet@fudanpress.com　http://www.fudanpress.com
门市零售:86-21-65642857　团体订购:86-21-65118853
外埠邮购:86-21-65109143
上海市崇明县裕安印刷厂

开本890×1240　1/32　印张6　字数100千
2015年9月第1版第3次印刷
印数8 201—12 300

ISBN 978-7-309-11148-4/I·881
定价:26.00元

如有印装质量问题,请向复旦大学出版社有限公司发行部调换。
版权所有　侵权必究